Gouverneurs de la rosée

de Jacques Roumain

Du même auteur :
Publications récentes

- *Dictionnaire littéraire des écrivains francophones classiques (Afrique sub-saharienne, Caraïbe, Machrek, Maghreb, Océan indien)* - C. Chaulet Achour (Dir.), Paris, Champion, Les Essentiels, 2010, 464 p.

- *Itinéraires intellectuels entre la France et les rives sud de la Méditerranée*, C. Chaulet Achour (Dir.), Paris, Karthala, 2010, 364 p.

-

– *Malika Mokeddem – Métissages*, éd. du Tell, Blida (Algérie), coll. « Auteurs d'hier et d'aujourd'hui », 2007, 178 p.

- *Présences Haïtiennes*, collectif, (en collaboration avec le CICC de l'UCP), Encrage Edition/Amiens et CRTF-UCP, diffusion Les Belles Lettres, 2005, 458 p.

- *Jamel-Eddine Bencheikh – Polygraphies*, éd. du Tell, Blida (Algérie), coll. « Auteurs d'hier et d'aujourd'hui », 2006, 183p.

- *Les Mille et une nuits et leurs réécritures au XXe siècle*, collectif, Paris, L'Harmattan, 2005.

-

– *Nouvelles d'Algérie – 1974-2004*, [présentation, et choix de textes], Paris, éd. Métailié, 2005, 346 p.

– *Albert Camus et l'Algérie, tensions et fraternités*, éditions Barzakh, coll « Parlons-en ! », Alger, avril 2004, 188 p.

Christiane Chaulet-Achour

Gouverneurs de la rosée

de Jacques Roumain

La pérennité d'un chef-d'œuvre

5-7, rue de l'Ecole polytechnique, 75005 Paris

http://www.librairieharmattan.com
diffusion.harmattan@wanadoo.fr
harmattan1@wanadoo.fr

ISBN : 978-2-296-13152-1
EAN : 9782296131521

AVANT-PROPOS

Il est bien délicat de proposer l'étude de ce roman si célèbre et tellement commenté. Ce qui m'y encourage, dans cette collection de « Classiques francophones » dont l'objectif est une transmission élargie de ces œuvres méconnues ou peu connues, c'est que, malgré une riche bibliographie critique et trois « classiques » proposés mais peu disponibles[1], l'œuvre majeure de Jacques Roumain, *Gouverneurs de la rosée*, ne bénéficie pas d'une médiatisation critique et de documents d'exploitation accessibles en France.[2]

Ce qui justifie de traiter de *Gouverneurs de la rosée* comme un « classique » dans cette collection, c'est de bénéficier et d'être le relais de la passionnante édition critique de l'œuvre de Jacques Roumain, publiée dans la collection Archivos, l'Agence Universitaire de la

1- Christiane CONTURIÉ, *Comprendre « Gouverneurs de la rosée »*, Les Classiques africains, Editions Saint-Paul, Issy-les-Moulineaux, 1980, 96 p. – Michel PRAT, *Gouverneurs de la rosée* («Profil littérature», 1986 – Jean-Pierre MAKOUTA-MBOUKOU, *Une lecture de « Gouverneurs de la rosée »*, Nouvelles éditions africaines, Abidjan-Dakar-Lomé, 1987.

2- Pour la France, l'édition des Editeurs Français Réunis, dès 1946, a été largement diffusée par des rééditions régulières. Ce sera notre édition de référence (rééd. 1972), à défaut de pouvoir donner les références de l'édition diffusée largement en Algérie de ENAG-éditions dans la collection El Aniss, en 1989, non disponible. Quelques données : Club Français du livre en 1950 et 1964 ; éd. Temps actuels en 1982, puis 1983 ; éd. Messidor en 1986, 1992. En France, disponible actuellement aux éd. Le Temps des cerises, 1ère éd. en 2000 et réédité depuis 2002, 2004. A Fort-de-France, aux éd. Désormeaux en 1975, 1977, 1979, 1983. A Port-au-Prince, la toute première édition en 1944 à l'Imprimerie d'état ; aux éd. Fradin en 1975. A Montréal, enfin, Mémoire d'encrier a réédité le roman dès 2000 et a renouvelé cette édition conçue dans une perspective didactique en 2004, 2007. Informations non exhaustives pour donner une idée de la diffusion.

francophonie en 2003[3] et qui offre par la richesse et la diversité des textes de l'écrivain – journaliste, nouvelliste, poète et romancier –, une approche où le roman étudié prend sa pleine dimension. Cette édition recense aussi les lectures et textes critiques consacrés à l'écrivain haïtien auxquels on peut ajouter d'autres recensions qui, depuis soixante ans, jalonnent la lecture du roman sans être accessibles aux étudiants, enseignants de littérature et public de lecteurs intéressés par les littératures francophones d'aires et de pays divers.

Enfin, plus de cent ans après la naissance de son créateur, c'est un hommage que je rends à ce roman dont la lecture m'a bouleversée il y a plus de trente ans et que j'ai eu à cœur d'enseigner dans différents cursus universitaires en Algérie et en France ; c'est ainsi un écho, décalé par rapport à eux, aux hommages qui lui furent rendus en Haïti et à Cuba, en 2007. Hommage, à travers lui, au peuple haïtien, dont il fut l'un des chantres les plus prestigieux, en ces mois qui suivent l'épreuve traversée avec le séisme de janvier 2010… « encore une mer à traverser »...

Beaucoup a été écrit sur *Gouverneurs de la rosée* : à sa gloire et à sa charge. Cet ouvrage, le traitant comme un « classique », souhaite le faire lire en tant que tel puisque ses effets de lecture continuent à donner du plaisir, du rêve, de l'inquiétude et un vrai questionnement sur Haïti aux lecteurs haïtiens – mais eux n'ont guère besoin de nous pour connaître leurs classiques –, et surtout aux lecteurs non haïtiens. En le contextualisant et en l'étudiant, en essayant de pister le pourquoi de la magie qu'a exercée et qu'exerce ce roman de lutte et d'espoir, je souhaiterais donner quelques clefs pour le faire résonner et pour décupler le plaisir que donne le texte. Car une œuvre littéraire n'a ni les certitudes

---

3- *Œuvres complètes de Jacques Roumain.* Edition critique, Léon-François HOFFMANN, coordinateur, 1ère éd. 2003, 1690 p. – imprimé à Madrid. Référence, dans la suite de l'étude : Archivos, nom du contributeur et mention de la page.

ni les arguments d'un ouvrage sociologique ou historique, mais elle a les moyens de faire advenir dans notre imaginaire des figures et des voix inaudibles jusque là. Admirateurs ou détracteurs de *Gouverneurs de la rosée* peuvent s'accorder sur ce point : le roman a été et reste l'un de ceux qui inscrit durablement dans la sensibilité du lecteur la terre d'Haïti et la partie dominante de sa population, la paysannerie.

Ulrich Fleischmann rappelle les résultats de son enquête, en 1965, sur l'état des connaissances, par les élèves haïtiens, de leur littérature nationale :

> « *Gouverneurs de la rosée* était le seul connu et lu par tous les informateurs. Certes, ce choix n'était pas volontaire car la lecture en était obligatoire dans les lycées mais les réponses laissaient entrevoir que pour les Haïtiens l'importance de Jacques Roumain allait plus loin : "Avec lui j'ai découvert mon pays", ou, "Je me retrouve en tant qu'Haïtien". Ce genre de réponses montre que pour la plupart des lecteurs haïtiens, *Gouverneurs de la rosée* était – et reste – l'incarnation de la littérature nationale ; cette consécration a sans doute peu à voir avec le contenu idéologique du roman mais davantage avec sa qualité épique qui lui attribue une place à part dans une littérature trop souvent enlisée dans les intérêts et querelles du jour.[4] »

Plus près de nous, lors du centenaire de sa naissance, un ouvrage avec une trentaine de textes divers d'écrivains a été édité aux Presses nationales d'Haïti, sous le titre, *Mon Roumain à moi*[5]. Le texte de J.-J.Dominique vient redimensionner l'obligation de lecture dont fait état l'enquête précédente. La petite fille qui est une dévoreuse de livres entend des propos de ses parents sans les comprendre avec des mots qui reviennent : écrivains et intellectuels arrêtés, morts, malédiction du pays. A ses questions pas de réponse jusqu'au jour où son père lui a parlé « des deux Jacques. Elle entendait pour la première fois les mots socialisme, communisme, marxisme ; même si elle ne comprenait pas la différence, le père voulait simplement qu'elle sache que ce

---

4- Archivos, U. FLEISCHMANN, « Jacques Roumain dans la littérature d'Haïti », *op. cit.*, p. 1230.

5- Collectif, *Mon Roumain à moi*, Presses nationales d'Haïti, mai 2007, 309 p.

n'étaient ni des insultes ni des vocables obscènes. Il expliquait pourquoi Jacques Soleil avait disparu et le lien avec Jacques Roumain, qui avait tracé la voie » :

« Une nuit, elle découvrit tout en haut de la bibliothèque, un exemplaire de *Gouverneurs de la rosée.* Elle ouvrit le volume et eut juste le temps de voir les premières phrases, avant l'arrivée du père.

- Qu'est ce que tu lis ?

- J'ai pris celui-là, dit-elle en lui montrant la couverture.

- Ah ! dit le père. Tu peux le lire, mais il ne faudra pas en parler avec tes amis, ni faire de compte-rendu de lecture pour ton cours de littérature. Il n'est pas interdit, comme d'autres. Mais… tu comprends ?

Elle comprenait. C'était les années 1970, l'époque où les livres étaient toujours censurés, où même les idées étaient forcées de se cacher dans le recoin des mémoires.[6]»

Plus loin, elle précise :

« *Durant mes années de formation, je n'avais eu qu'un accès limité aux écrivains haïtiens du 19e et du début du 20e siècle. Comme tous les élèves, je pouvais lire d'eux quelques lignes, de courts extraits, cités dans les manuels d'histoire littéraire. […] Aujourd'hui, vingt ans après la fin de la dictature des Duvalier, alors que les livres ont refleuri, Roumain est-il mieux connu, convenablement présenté aux jeunes, aux étudiants ?* [7]»

Evelyne Trouillot, pour sa part, donne la mesure de ce que l'enseignement transmettait :

« Même les discours moralisants du manuel d'histoire littéraire le plus utilisé à l'époque ne purent diminuer l'éclat de ses idées, amollir l'image pour la rendre moins dérangeante, tel que cela se fit pour Carl Brouard, personnage plus anticonformiste dans ses pratiques sociales, ou dans une moindre mesure, pour Oswald Durand jugé de mœurs trop libertines. Jacques Roumain passa à travers le filtre moralisateur en gardant son aura de courage et de détermination farouche contre la répression. Symbole de résistance face à la dictature, de volonté d'engagement, de prise de position de gauche, de prise de responsabilité citoyenne.[8]»[9]

6- J. J. DOMINIQUE, « Roumain et la dévoreuse de mots. L'adolescente et les livres », dans *Mon Roumain à moi*, op. cit., pp. 115-116.

7- J. J. DOMINIQUE, art. cit., p.117. L'italique reproduit l'italique du texte.

8- E. TROUILLOT, « Il était une fois un homme au profil rebelle… » dans Mon Roumain à moi, op. cit., pp. 125-131. Citation, p. 126.

Chapitre 1
HISTOIRES ET PARCOURS D'ÉCRITURES

On conviendra que la lecture d'un roman, une fois accompli le premier effet de séduction, demande une mise en contexte qui en fait apprécier la nouveauté ou la répétition, la proximité avec les réalités du pays et de l'époque ou son éloignement, le projet créateur dans ses dimensions conscientes et dans les effets produits.

Aussi, procéderons-nous en trois temps. Tout d'abord nous recenserons quelques faits historiques ; puis l'histoire littéraire haïtienne et, en particulier celle qui a précédé *Gouverneurs de la rosée* qui n'est pas un météorite solitaire. Enfin, nous évoquerons aussi précisément que possible le parcours de l'écrivain et de l'intellectuel Roumain.

9- « La femme et le frère Michel de J. Roumain assurèrent la parution du texte posthume. [...] revirent-ils le texte, pour y ajouter les notes explicatives, par exemple ? [...] Force est de considérer comme texte définitif celui de l'édition port-au-princienne, achevée d'imprimer le 8-12-1944. Les ouvrages publiés en Haïti n'avaient à l'époque pratiquement aucune diffusion à l'étranger. [...] C'est avec la première édition française, -1946 aux Éditeurs Français Réunis -, que *Gouverneurs de la rosée* va pouvoir toucher un public international. [...] Très probablement par l'entremise de L. Aragon que le roman fut publié en France: Nicole Roumain lui avait envoyé un exemplaire autographe (conservé à la Bibliothèque de France – Tolbiac) et Aragon répondit par un télégramme [...] : « Merci livres. Ému souvenir Jacques. Demande droits édition chez moi Bibliothèque française 33 rue Saint André des Arts. Tirage 10.000. » [...] Aux Éditeurs Réunis Aragon dirigeait la coll. «Bibliothèque française.» (L-F. HOFFMANN, site ile.en.ile).

Rappels historiques

Nous n'allons pas retracer l'histoire d'Haïti. Ce n'est ni notre propos, ni notre domaine de compétence. Toutefois le rappel de quelques faits et dates doit aider à situer où naît Jacques Roumain, ce qu'est le pays alors après un siècle d'indépendance.

De la cérémonie de Bois Caïman sur la plantation Lenormand, le 14 août 1792 avec, à sa suite en août et septembre, les insurrections des esclaves dans le Nord du pays, à la proclamation de Toussaint Louverture comme gouverneur général par Lavaux, le 1er avril 1796, à son emprisonnement, le 6 juin 1802, sa déportation, le 15 juin et son emprisonnement à Fort-de-Joux, le 24 août ; enfin à la proclamation de l'indépendance d'Haïti[10] par Dessalines aux Gonaïves, l'Histoire de la longue lutte, complexe et contradictoire des Haïtiens pour leur indépendance est désormais connue. On ne soulignera jamais assez son caractère inouï puisque pour la première et seule fois dans le monde, une colonie de plantation, c'est-à-dire une colonie où les esclaves sont majoritaires, se libère de sa métropole et de ceux qui la dominent, les planteurs. Elle le paiera, on le sait, lourdement : ce n'est qu'en 1825 qu'une ordonnance de Charles X reconnaissant l'indépendance d'Haïti exigea le dédommagement des anciens planteurs, dette dont le pays allait souffrir durablement[11]. Un navire de guerre français en rade de Port-au-Prince menaçait de bombarder la ville si le gouvernement ne signait pas cette « reconnaissance de

---

10- De *Ayti*, mot arawak, « pays montagneux ». On ne recommandera jamais assez le site suivant :
http://www.lehman.cuny.edu/ile.en.ile/haiti/index.html

11- 150 millions de francs-or, soit l'équivalent du budget annuel de la France en 1804. Tel fut le prix exigé par la France à Haïti pour reconnaître l'indépendance du premier Etat noir. Aujourd'hui, les manuels scolaires et l'histoire officielle ne mentionnent guère cette dette qui a pesé sur l'économie haïtienne jusqu'au début du XXe siècle.

dette » : une expression figurée dit « acheter sa liberté » au prix de sacrifices... Ici, l'indépendance fut véritablement achetée. Il ne faudrait pas l'oublier.

Haïti le paiera aussi en étant mise au ban des nations européennes : elle risquait d'être un trop mauvais exemple pour d'autres colonies proches (la Guadeloupe a été remise au pas) ou lointaines. Pour les colonisés, Haïti a toujours été, à juste titre, le symbole du premier défi au monde colonial et le refus radical de sa pérennisation.

Si l'on rechigne à la lecture de livres d'Histoire lorsqu'on se passionne pour la littérature, on peut lire d'autres œuvres littéraires qui nous racontent l'Histoire. J'en signalerai quatre récentes : sur la période de l'esclavage, le roman d'Evelyne Trouillot, *Rosalie L'infâme*, sur l'incarcération de Toussaint, le roman de Fabienne Pasquet, *La seconde mort de Toussaint Louverture*, sur les dérives du pouvoir en Haïti, La pièce de théâtre d'Aimé Césaire, *La tragédie du Roi Christophe* ; enfin pour une fresque palpitante embrassant Haïti du XVIe siècle au XXe siècle, *Libre toujours !* de Jean-Marc Pasquet[12]. Tant il est vrai que mettre le doigt dans l'engrenage haïtien avec *Gouverneurs de la rosée* vous aspire dans un tourbillon de lecture et des découvertes bouleversantes pour notre commune humanité !

Rapprochons-nous de la période de vie de Jacques Roumain, en notant quelques faits importants dans la perspective de la lecture du roman, faits qui seront complétés dans la biographie de l'écrivain.

Vers 1912, les mouvements des cacos, paysans du Nord d'Haïti, sont des mouvements révolutionnaires réclamant plus de justice sociale. De 1915 à 1934, c'est l'occupation américaine d'Haïti. Le gouvernement américain contrôle commerce et banque. En 1919, plus de 10.000

12- *Rosalie l'infâme*, Paris, éd. Dapper, 2003 – *La seconde mort de Toussaint Louverture*, Actes Sud, 2001 – *La Tragédie du Roi Christophe*, Présence Africaine, 1963 – *Libre toujours !*, Lattès, 2004.

paysans sont fusillés par les Américains pour « pacifier » le pays. De nombreuses œuvres haïtiennes évoquent la chape qui s'est abattue sur le pays avec cette occupation. Les Haïtiens ne la subissent pas passivement.

Il y aurait bien des exemples à donner d'écrivains, de poèmes et de romans. L'un d'entre eux, Carl Brouard, né en décembre 1902, a seize ans quand les marines débarquent en Haïti : « 28 juillet 1915. L'Américain foulait notre sol. Bien qu'alors en pantalons courts [...] la mélancolie dilata nos yeux ». Poète et conteur, il a été cofondateur de *La Revue indigène* en 1927 et de la revue, *Les Griots* en 1938, deux revues que nous retrouverons avec Jacques Roumain. En 1928, *Ainsi parla l'oncle* du Dr. Price-Mars, jette un pavé dans la mare culturelle. En 1929, une grève des étudiants proteste contre l'occupation américaine.

Le 1er juin 1930, c'est la chute du Président Borno. J. Roumain est nommé chef de division du Ministère de l'Intérieur par le Président par intérim Eugène Roy. Il fait campagne pour Sténio Vincent, élu le 8 novembre. En février 1931, J. Roumain retrouve son poste au Ministère. C'est le même Sténio Vincent qui le poursuivra par la suite, de ses assiduités répressives...

Le 18 novembre 1937 est une date tragique : elle marque le massacre des Haïtiens à Saint-Domingue, grâce à la complicité des deux présidents, Sténio Vincent et Raphaël Léonidas Trujillo. Jacques Roumain écrit un article à ce sujet qui lui vaut quelques problèmes. En 1955, Jacques Stephen Alexis choisit d'inscrire cet événement tragique au cœur de son chef d'œuvre, *Compère Général Soleil*[13] ; et en 1987, le roman d'Edwige Danticat, *La récolte douce des larmes*, en pérennise la mémoire[14].

13- Gallimard, collection L'Imaginaire, 350 p. De nombreuses rééditions. Cf. notre chapitre 4.

14- *The Farming of the bones*, publié en 1998, traduit de l'américain par Jacques Chabert, 10/18, 2001 (édité en 1999 chez Grasset). A reçu le prix Carbet de la Caraïbe en 1999. Il faudrait aussi citer de René

En 1941, Elie Lescot est élu président et peu à peu exerce un pouvoir autoritaire.

Après la mort de Jacques Roumain, en 1946, René Depestre[15] est rédacteur en chef de *La Ruche*, journal interdit rapidement. Cette année est marquée par des grèves et manifestations des écoles puis par une grève générale.

La junte militaire organise des élections qui portent au pouvoir Dumarsais Estimé, intellectuel membre de la bourgeoisie noire. Il amorce un courant démocratique. Le mouvement syndical se développe mais en 1947, une loi anticommuniste est promulguée. En 1949, la junte militaire pousse Dumarsais Estimé à démissionner et organise l'élection de Paul Magloire. Après avoir gouverné par la force, il doit partir en exil en décembre 1956. En 1957, François Duvalier arrive au pouvoir. S'ouvrent les pages les plus sombres de l'histoire du pays.

« Haïti, une traversée littéraire »[16]

Comme l'écrivent L-P. Dalembert et L. Trouillot, au début de leur panorama littéraire :

> « Un écrivain, comme tout un chacun, se construit secrètement, se perd de temps en temps, se retrouve et se reperd, se reperd avant de se retrouver. Ça, c'est sa vie, ses attaches, ses engagements humains et citoyens. Son écriture, c'est son territoire. Un territoire qui fait forcément

---

PHILOCTETE, *Le Peuple des terres mêlées*, Port-au-Prince, imp. Deschamps, 1989 - de Micheline DUSSECK, *Ecos del Caribe*, Barcelone, Lumen, 1996 - de Louis-Philippe DALEMBERT, *L'Autre face de la mer*, Paris, Stock, 1998.

15- René DEPESTRE (né à Jacmel en 1926). Un des écrivains haïtiens connu en France où il réside. Cf. le site ile.en.ile et le film documentaire de Patrick CAZALS, *Chronique d'un animal marin*, 63 mn, Les films du Horla, 2004.

16- Nous empruntons ce titre à l'ouvrage de Louis-Philippe DALEMBERT et Lyonel TROUILLOT : *Haïti, une traversée littéraire*, un livre CD, Presses nationales d'Haïti, Culturesfrance éditions, Philippe Rey, Paris/Port-au-Prince, 2010, 171 p.

lien avec l'espace d'où il est parti. D'où tout est parti. Le lieu du départ recoupe toujours, ou presque, celui de l'enfance. On n'en finit jamais de faire les comptes avec l'enfance. [17]»

Ils précisent encore qu'ils ont voulu, en traçant les grandes lignes de ce panorama « marquer l'historicité de cette littérature.[18] » C'est donc une double exigence que l'on garde à l'esprit quand on rassemble les œuvres d'un pays pour les faire signifier les unes par rapport aux autres et quand on y insère une personnalité créatrice particulière. On fait le pari de ne pas noyer l'écrivain dans un continuum dont il serait simplement une des occurrences tout en le mesurant à son antériorité et à ses contemporains ; simultanément, on essaie de percevoir la nouveauté de son apport.

On sait qu'à l'émergence écrite de cette littérature, un certain nombre de thèmes, de personnages, d'usages linguistiques, culturels et cultuels ne sont pas pris en charge par les écrivains haïtiens : « une littérature "nationale" sans la "nation", comme cela fut le cas pour de nombreuses sociétés postcoloniales.[19] » Une première génération, dite de 1836, écrit sous l'influence forte du romantisme qui d'Allemagne s'imposait en France mais se donne le mot d'ordre qu'elle n'applique pas toujours de « brunir la langue française sous le soleil d'Haïti » comme l'écrit Emile Nau[20]. Mais la grande majorité de ce qui s'écrit est sous l'influence et dans l'orbite de la France et l'autonomie ne sera vraiment prise qu'au XXe siècle. Des poètes composent des chants patriotiques et appellent à l'unité nationale. Parmi eux, Oswald Durand écrit

17- L-P. DALEMBERT et L. TROUILLOT, *Haïti, une traversée littéraire*, *op. cit.*, p. 10.
18- Ibid., p. 11.
19- Ibid., p. 13.
20- Emile NAU, poète et conteur (1812-1860), *Histoire des caciques d'Haïti*, Paris, 1837 ; rééd. Port-au-Prince, Presses nationales d'Haïti, 2003. Sur l'histoire des Taïnos et des Caraïbes qui peuplaient Haïti avant le débarquement de C. Colomb. Roumain dans la lettre à Nicole du 11 janvier 1940 lui demande de lui envoyer d'Haïti à New York le livre de Nau (Archivos, p. 860).

un poème en créole, devenu « l'un des rares textes à être connu de tous les milieux sociaux haïtien [21]» : « Choucoune ». Par ailleurs, la figure emblématique de Toussaint Louverture est présente comme en témoigne le poème de Louis Arnold Laroche, en 1887 :

> « *Plaintes de Toussaint Louverture*
> « Dans un sombre cachot au fort de Joux, en France
> Languissait un vieux noir qu'admirait l'univers
> Trahi par les Français, jaloux de sa vaillance
> Le noir fut dans ce fort jeté les pieds au fer.
> Méprisant d'un consul l'atroce barbarie
> Il répétait toujours : " je meurs pour mon pays ! " [22]»

Du côté des romanciers, les innovations thématiques, formelles et linguistiques sont plus sensibles en particulier avec Fernand Hibbert et Justin Lhérisson, deux auteurs qu'on ne peut passer sous silence lorsqu'on étudie Jacques Roumain. Dans leur *Histoire de la littérature haïtienne*, Raphaël Berrou et Pradel Pompilus écrivent :

> « La tendance persistante de la critique haïtienne est de considérer en bloc la Génération de la Ronde comme une génération d'évadés, sous prétexte que ses poètes, en chantant des sentiments universels, ont tourné le dos à la réalité haïtienne. Le roman et les œuvres dramatiques créés par ces écrivains démentent éloquemment cette façon de voir. Frédéric Marcelin, Fernand Hibbert, Antoine Innocent et Justin Lhérisson sont à l'origine du véritable roman haïtien. [23]»

Ces critiques montrent que les romanciers et, en particulier, les deux que nous évoquons, ont su prendre en charge la réalité de leur pays, ses mœurs et ses coutumes, ses

---

21- In L-P. DALEMBERT et L. TROUILLOT, *Haïti, une traversée littéraire*, *op. cit.*, pp. 54-55. Oswald DURAND (1840-1906), « Choucoune », in *Rires et pleurs*, Paris, éd. Crété, 1896 ; rééd. Port-au-Prince, Presses nationales d'Haïti, 2005. Cf. notre chapitre 3.

22- Louis Arnold LAROCHE (1869-1890), in *Les Bluettes*, A. Rousseau, 1887. Disponible intégralement sur internet.

23- Raphaël BERROU et Pradel POMPILUS, *Histoire de la littérature haïtienne illustrée par les textes* (Tome II), Port-au-Prince, éditions Caraïbes, 1975, p. 515.

travers et ses gestions familiales et politiques. Ils ont su aussi dépeindre avec justesse le cadre où ils campaient leurs personnages. Ils poursuivent : « c'est enfin la profusion d'une langue qui accueille, dans le cadre de la phrase demeuré français, une masse de mots, d'expressions et de proverbes du terroir, lesquels représentent un enrichissement pour la langue française.[24] »

Le 21 septembre 1940, Roumain écrit à Nicole, sa femme, de New York : « N'oublie pas de m'envoyer le bouquin de Justin Lhérisson : *La Famille des Pitite-Caille.* Tu peux fort bien l'expédier par courrier postal.[25] » Le 6 février 1941, il l'encourage dans son entreprise de relire les romans de son père, Fernand Hibbert, en ces termes :

> « Tu as bien raison de relire l'œuvre de ton père. Je pense qu'elle est toujours d'actualité historique. La mentalité politique haïtienne n'a pas changé : elle n'a fait que s'endurcir [?] Nul mieux que Fernand Hibbert ne connaissait et n'a dépeint le milieu haïtien : ses torts, ses travers, ses ridicules et ses crimes. Il fut certainement l'observateur le plus cruel et clairvoyant de notre société. Demain, quand il sera enfin permis d'écrire en Haïti, il faudra situer son œuvre et lui donner la place considérable qui lui revient. [26]»

Justin Lhérisson a constitué le groupe Jeune Haïti avec d'autres amis en 1894. Il fit des études de droit et devint avocat mais continua à mener de front enseignement, journalisme et littérature. Il fut le fondateur du journal *Le Soir.* Mais ce qui lui a donné la notoriété, ce sont ses romans où il introduisit l' « audience » avec beaucoup d'humour : *La famille Pittecaille*[27] et *Zoune chez sa ninnaine* en 1906. R. Berrou et P. Pompilus écrivent à ce propos :

24- Raphaël BERROU et Pradel POMPILUS, *Histoire de la littérature haïtienne*, *op. cit.*, p. 516.

25- « Lettres à Nicole », Archivos, op. cit., p.874. Justin LHÉRISSON (1873-1907).

26- « Lettres à Nicole », Archivos, op. cit., p. 897. Fernand HIBBERT (1873-1928).

27- En 1905, nouvelle éd. chez Firmin-Didot en 1929 à Paris. C'est lui qui composa les paroles de l'hymne national, *La Dessalinienne.*

> « La langue des deux "audiences" de Lhérisson donne une image assez juste de la situation bilingue dans laquelle nous vivons. Le narrateur utilise un français très correct, nuancé, adapté aux différents épisodes du récit. Mais quand le récit passe au mode dramatique, les personnages parlent comme dans la vie, français ou créole, suivant leur classe sociale et leurs habitudes de langage.[28] »

Le panorama littéraire plus récent de L-P. Dalembert et L. Trouillot situe l'écrivain en précurseur de Roumain dans cette cohabitation linguistique français/créole :

> « Le premier à introduire une pratique populaire dans la littérature haïtienne fut Justin Lhérisson. [...] Il publie au début du XXe siècle deux "audiences" : cette forme de récit oral applique les techniques du conte à la réalité immédiate ; utilise un langage direct et courant fait d'un mélange de français et de créole ; laisse s'exprimer les personnages, le narrateur jouant le rôle de rapporteur ; exagère les marques de langage, avec luxe de détails dans les descriptions, la gestuelle et l'atmosphère... Plus tard, Jacques Roumain invente, dans *Gouverneurs de la rosée*, un français résolument travaillé par le créole.[29]»

Enfin signalons aussi qu'en 1885, Anténor Firmin, essayiste, répond à Gobineau et à son *Essai sur l'inégalité des races humaines* (1855) par *De l'égalité des races humaines. Anthropologie positive*[30].

L'occupation américaine en 1915, qui met le pays sous tutelle, ébranle profondément la société haïtienne et ses intellectuels en une grave crise intellectuelle et morale. A la revue *La Ronde*, revue marquante des années 1900, succèdent, en 1927, *La Revue indigène* et en 1938, *Les Griots* : titres et contenus témoignent de la volonté de revenir aux sources africaines et aux manifestations négligées de la culture populaire haïtienne. Celui qui va porter haut le flambeau du retour à l'Afrique est le Dr. Jean Price-Mars qui

---

28- Raphaël BERROU et Pradel POMPILUS, *Histoire de la littérature haïtienne*, *op. cit.*, p. 572.

29- L-P. DALEMBERT et L. TROUILLOT, *Haïti, une traversée littéraire*, *op. cit.*, p. 58.

30- Anténor FIRMIN (1850-1911), son essai paraît à Paris, F. Pichon ; rééd. Montréal, Mémoire d'encrier, 2005.

donne une série de conférences, regroupées, en 1928, dans un essai fondateur, *Ainsi parla l'oncle*. Retour à l'Afrique, à l'expression linguistique commune, le créole, à une meilleure connaissance du vaudou. Il dénonce l'attitude des intellectuels haïtiens :

> « Mais par une logique implacable, au fur et à mesure que nous nous efforcions de nous croire des Français colorés, nous désapprenions à être des Haïtiens tout court, c'est-à-dire des hommes nés dans des conditions historiques déterminées, ayant ramassé dans leurs âmes, comme tous les autres groupements humains, un complexe psychologique qui donne à la communauté haïtienne sa physionomie spécifique. Dès lors, tout ce qui est authentiquement indigène – langage, mœurs, sentiments, croyances – devient-il suspect, entaché de mauvais goût aux yeux des élites éprises de nostalgie de la patrie perdue. [31]»

Ce mouvement indigéniste marque durablement les écritures haïtiennes en poésie avec Émile Roumer, Carl Brouard, Jean F. Brierre ou René Depestre. Le roman se déploie plus librement à partir de cet appel à une véritable indépendance culturelle qui tienne compte de toutes les racines de la culture haïtienne et re-dimensionne comme il se doit l'apport français. Jean-Baptiste Cinéas publie un des premiers romans paysans haïtiens avec *Le Drame de la terre* en 1933, sous l'influence de *La Montagne ensorcelée* de Roumain, roman publié en 1931[32] ; d'autres le suivront dans cette veine qui a son chef-d'œuvre avec *Gouverneurs de la rosée*, en 1944.

Venons-en donc, maintenant, à une connaissance plus précise du parcours de Jacques Roumain.

31- L-P. DALEMBERT et L. TROUILLOT, *Haïti, une traversée littéraire*, *op. cit.*, p. 23. Long passage cité de *Ainsi parla l'oncle*. Cf. leurs pages 21 à 24. Cet ouvrage déclencha lorsqu'il fut publié en 1928 à Compiègne en France, l'enthousiasme des intellectuels de la diaspora noire et Price-Mars fut élu à l'unanimité Président du premier Congrès des écrivains et artistes noirs en 1956 à La Sorbonne.

32- Gérard BARTHELEMY, « Voyage au pays des gouverneurs », Archivos, op. cit., p.1266 : « J-B. Cinéas lui emboîte le pas ».

Vie et œuvre de Jacques Roumain

En 1927, Jacques Roumain a vingt ans ; après sept années d'absence, il vient de rentrer en Haïti et il est ainsi présenté par son collaborateur et ami, Antonio Vieux, dans *La Revue Indigène* dont il est un des fondateurs[33] :

> « [...] Son visage se découpe en relief. Brun. Les traits saillants. Mâchoire volontaire et têtue, qu'aux moments de silence un tic contracte. Les épaules sont larges. Sous une sveltesse apparente, on devine une extraordinaire puissance de vie. La souplesse d'une machine bien huilée. »

Les contemporains de Roumain ont tous, semble-t-il, subi son charme et son charisme. Ainsi Jean-Baptiste Cinéas, présentant pour *Haïti-Journal*, le 4 octobre 1930, *La Proie et l'ombre*, parle de son « trop séduisant ami Jacques Roumain ». Et, après sa mort, dans les *Cahiers d'Haïti* du 4 novembre 1944, Roussan Camille l'évoque en ces termes : « Un visage d'une beauté puissante, impérieuse. Un masque de dieu sculpté dans une matière sublime.[34] »

Jacques Roumain est né le 4 juin 1907, à Port-au-Prince, aîné d'une fratrie de onze enfants. Son père, Auguste Roumain est un grand propriétaire terrien ; sa mère, Emilie Auguste était la fille de Tancrède Auguste qui a été Président de la République en 1912-1913 lorsque Jacques avait 5-6 ans. Dans son discours à la Y.M.C.A. de Harlem à New-York, le 15 novembre 1939, J. Roumain se revendiquera d'un autre ancêtre, un général ayant combattu pour l'indépendance de l'Amérique du Nord avec d'autres Haïtiens.

Comme nous l'avons rappelé précédemment, le début

33- *La Revue indigène*, septembre 1927, pp. 103-110. Archivos, pp. 435 à 441. « Entre nous : Jacques Roumain », premier entretien de l'auteur qui a, pourtant, fort peu publié encore.

34- Archivos, op. cit., Yasmina TIPPENHAUER p. 1328. On est tenté plus d'une fois, face à cet homme, à son destin fulgurant et à sa précocité, d'établir un parallèle, pour la beauté physique, le charisme qu'il dégageait et sa supériorité intellectuelle, avec Frantz FANON.

de vie de Roumain se passe sous l'occupation américaine qui a marqué durablement Haïti (1915-1934). Cette courte vie de 37 années est passionnante à suivre et on peut la reconstituer très précisément, avec Léon-François Hoffmann, dans le volume des *Oeuvres complètes*. Nous en dégagerons les grandes périodes et étapes, en précisant par quels écrits elles ont été marquées.

1907-1927

Les premières années se passent en Haïti dans une famille très aisée et avec l'éducation donnée aux enfants de ce milieu[35]. Il n'est pas étonnant que Jacques Roumain soit envoyé, après avoir fait ses premières années de scolarité au Collège Saint-Louis de Gonzague, comme d'autres enfants de la grande bourgeoisie haïtienne, poursuivre ses études en Europe : de 14 à 20 ans, il est ainsi successivement en Suisse puis à Madrid. Il maîtrisera l'allemand et l'espagnol et aura toujours une grande ouverture aux littératures étrangères. Il est déjà très sensible à la situation que subit son pays puisque, d'après son biographe, son tout premier poème inédit, hostile à l'occupation américaine, date de Zürich, le 15 janvier 1925[36]. Le premier poème, publié en 1927, sera écrit à Madrid en 1926, sous le titre « Corrida ». Un autre poème, publié en 1931 semble porter la marque de ce premier éloignement d'Haïti, la marque aussi de ce qu'on nommera bientôt « la négritude » :

> « *Quand bat le tam-tam*
> Ton cœur tremble dans l'ombre, comme
> Le reflet d'un visage dans l'onde trouble.
> L'ancien mirage se lève au creux de la nuit.
> Tu connais le doux sortilège du souvenir ;

35- Comme l'écrit L-F. HOFFMANN, Archivos, p. XXXII : « c'était naître dans la plus haute aristocratie haïtienne, qui se désignait elle-même comme "l'élite" du pays ou, plus modestement comme sa "bourgeoisie" ».

36- Ibid, p. XXXVII.

Un fleuve t'emporte loin des berges,
T'emporte vers l'ancestral paysage.
Entends-tu ces voix : elles chantent l'amoureuse douleur
Et dans le morne, écoute ce tam-tam haleter telle
La gorge noire d'une jeune fille.
Ton âme, c'est ce reflet dans l'eau murmurante
Où tes pères ont penchés [sic] leurs obscurs visages.
Ses secrets mouvements te mêlent à la vague
Et le blanc qui te fit mulâtre, c'est ce peu d'écume
Rejeté, comme un crachat, sur le rivage.[37] »

1927-1936

Les neuf années qui suivent sont déterminantes : de 1927, date à laquelle le jeune homme revient dans son pays, à août 1936 où il devra le quitter, ses activités sont vertigineuses. Il a des activités politiques et journalistiques qui le conduiront plusieurs fois en prison. Dès Juillet 1927, il fonde une revue mensuelle, *La Trouée*, puis *La Revue Indigène* et, en décembre, *Le Petit Impartial*[38]. Il écrit régulièrement dans ces revues et il y insère ses traductions de poèmes allemands et espagnols. C'est aussi durant cette période, en 1934, qu'il fonde le Parti Communiste haïtien avec, à l'appui, une étude qui en marque la naissance, *Analyse schématique 32-34*. Entre la fin de 1928 et juin 1936, J. Roumain a passé deux années et demie en prison si l'on met bout à bout les quatre séjours qu'il y fit. On a vu son activité de fondateur et d'animateur de revues ; il y publie aussi parfois en feuilleton puis ensuite en volume, ses premiers écrits : dans la presse des poèmes qui ne seront rassemblés en recueil que plus tard comme « Guinée » que l'on peut avoir en mémoire en lisant l'enterrement de Manuel dans *Gouverneurs de la rosée* :

« *Guinée*
C'est le lent chemin de Guinée
La mort t'y conduira

37- Archivos, op. cit., p. 44. Poème publié dans *Haïti-Journal*, 4 juillet 1931.
38- Archivos, op. cit., bibliographie, p.1653 et sq.

Voici les branchages, les arbres, la forêt :
Ecoute le bruit du vent dans ses longs cheveux
D'éternelle nuit.
C'est le lent chemin de Guinée
Tes pères t'attendent sans impatience,
Sur la route, ils palabrent
Ils attendent
Voici l'heure où les ruisseaux grelottent comme des chapelets d'os.
C'est le lent chemin de Guinée
Il ne te sera pas fait de lumineux accueil
Au noir pays des hommes noirs :
Sous un ciel fumeux percé de cris d'oiseaux
Autour de l'œil du marigot les cils des arbres s'écartent sur la clarté pourrissante
Là t'attend au bord de l'eau un paisible village, et
La case de tes pères, et la dure
Pierre familiale
Où reposer enfin ton front. [39] »

Il publie aussi les quatre nouvelles de *La proie et l'ombre*, fin août 1930[40], préfacées par Antonio Vieux ; et en décembre 1931, coup sur coup *La Montagne ensorcelée*, son premier récit « paysan »[41], avec une préface de J. Price-Mars :

« [...] Le jeune romancier dédaignant les sujets tant de fois traités des adultères mondains, des pariades de concupiscence, des mascarades politiques dans lesquels s'attarde trop béatement notre littérature, a évoqué en quelques belles pages la vie pittoresque et dramatique de nos paysans [...]

Lisez ce livre. Vous serez subjugué par le pathétique du récit de la première à la dernière page [...]. »

Et il publie *Les Fantoches*[42], roman grinçant contre la bourgeoisie haïtienne. Par certains traits, on a pu rapprocher le protagoniste, Michel Rey, de l'auteur lui-même. Ce personnage apparaît déjà dans les nouvelles de *La proie et l'ombre* et un extrait peut donner un éclairage intéressant du

39- *Haïti-Journal*, 30 décembre 1931, Archivos, op. cit., p. 48.
40- Archivos, op. cit., p. 109 et sq.
41- Déjà publié en feuilleton dans *Haïti-Journal* en janvier-février 1931. Archivos, op. cit., p. 199 et sq.
42- Archivos, op. cit., p. 141 et sq.

retour du jeune Roumain en Haïti :

« Il y avait cinq ans… il se rappelait le jour de son retour en Haïti. Le soleil de midi domptait une mer silencieuse remuée de vagues douces et sans écume. Une joie profonde le possédait : dans la foule anonyme qui montait sur le pont en se bousculant sur l'échelle étroite : visiteurs, portefaix, parents, il se reconnaissait enfin, se sentait l'écho heureux de ce monde noir, écoutait fondre en lui la glace amassée en Europe, disparaître de son cœur ce qu'il nommait avec amertume "le grand silence blanc" et qui était l'abîme racial que là-bas ses amitiés, ses amours, ses relations, n'avaient pu combler. Maintenant, il était parmi ses frères et son peuple. Il aurait voulu s'agenouiller, baiser cette terre.

Brusquement, le port dansa devant lui dans un brouillard de larmes.[43] »

Août 1936 à Mai 1941

« J'avais oublié que hier était mon anniversaire : 32 ans. Quand je fais mon examen de conscience, je ne regrette rien pour moi-même. Je me suis toujours efforcé d'être un honnête homme, d'agir avec droiture. Mais ce qui me déchire, c'est de t'avoir entraînée dans le malheur. C'est ce que je ne puis me pardonner.[44] »

La troisième période est celle de l'exil en Europe d'abord puis aux Amériques.

En Europe tout d'abord puisqu'en août 1936, J. Roumain part à Bruxelles où il rejoint son frère[45] avec sa femme, Nicole Hibbert[46] épousée le 29 décembre 1929 et

43- Archivos, op. cit., p. 124.

44- « Lettres à Nicole », Archivos, op. cit., p. 832. Lettre de Fort-de-France, le 5 juin 1939.

45- Ce départ semble avoir anticipé ou suivi (?) une mesure d'expulsion. En tout cas, J. R. est trop surveillé par la police pour ne pas être réduit à l'impuissance.

46- Nicole HIBBERT est descendante d'une vieille famille israélite de Miragoâne et fille du romancier Fernand HIBBERT. La cérémonie a eu lieu à Pétionville chez M. Et Mme. André Vieux, beau-frère et sœur de la mariée. C'est le 17 décembre, donc douze jours après que Jacques

son fils, Daniel, né à la fin de 1930. La famille s'installe ensuite à Paris. Il poursuit ses activités politiques et littéraires dans ces deux villes. A Paris, il décide de suivre une formation en ethnologie et anthropologie au Musée de l'homme où il devient l'assistant du Professeur Paul Rivet[47]. Il donne conférences et entretiens. On retiendra de cette période très productive, malgré des conditions de vie difficiles :

* le poème « Madrid » d'avril 1937[48]. Jacques Roumain participe les 16 et 17 juillet 1937 à Paris au Congrès pour la défense de la Culture ; mais il ne peut suivre la suite du Congrès à Madrid à cause d'une grave crise hépatique car, depuis son incarcération en Haïti, il est souvent malade. Il voit donc partir ses amis, venus des Amériques : Langston Hughes, Nicolás Guillén, Alejo Carpentier, Pablo Neruda, Octavio Paz.

* un article qui lui valut d'avoir maille à partir avec la justice française, « La tragédie haïtienne », le 18 novembre 1937 où il informe du massacre des paysans haïtiens en République dominicaine et accuse les deux dictateurs de complicité. Il sera donc poursuivi pour « outrage à un chef d'état étranger »[49] ;

* une nouvelle qui est publiée le 25 août 1938, « Gouverneurs de la rosée, récit haïtien », dans la revue *Regards* à Paris ;

* un essai, en 1939 dans le collectif *L'Homme de couleur* édité chez Plon, sous la direction de Daniel-Rops, « Griefs

---

Roumain a été libéré de prison, bénéficiant d'une amnistie générale.

47- Remarque intéressante de René DEPESTRE dans sa présentation de l'auteur pour Archivos, p. XXIV : « ce premier et jeune fondateur d'un PC dans la Caraïbe et qui sort de prison, ne va pas à Moscou comme on aurait pu s'y attendre. Il ne s'y rend pas non plus en tant qu'écrivain avec " le bâton de pèlerin du compagnon de route des soviétiques" [...] A trente ans, Roumain reprend humblement ses études à l'université. »

48- Le poème est publié à Paris, dans la revue *Commune* en avril 1937. Texte : Archivos, op. cit., p. 49.

49- Texte de l'article, Archivos, op. cit., pp. 682 à 688.

de l'homme noir ».

Dès l'approche de la guerre, J. Roumain fait rentrer sa famille en Haïti pour la mettre à l'abri alors que lui-même y est interdit de séjour[50].

Aux Amériques ensuite puisque son exil se prolonge de deux années, d'abord à New-York (10 août 1939 – fin décembre 1940, soit 17 mois) puis à La Havane (du début janvier au 18 mai 1941, soit près de 5 mois). Le séjour new-yorkais est allégé par deux séjours que vient y faire sa femme Nicole[51].

Jacques Roumain a donc fait plusieurs séjours à l'étranger volontairement ou sous la contrainte de l'exil politique. Par ses écrits, ses convictions et ses rencontres, il a étoilé ses amitiés et connaissances qui sont de véritables indicateurs de sa place dans cette période de grande effervescence culturelle pour les peuples dominés dans différents pays et sous différentes formes : La négro renaissance de Harlem, la Négritude, les Congrès pour la défense de la Culture, la mise en valeur des études anthropologiques avec le retour sur les fondements identitaires occultés des peuples opprimés.

Il a ainsi connu Langston Hughes en visite à Port-au-Prince en août 1931. Il écrit alors, le 8 août dans *Haïti-Journal* : « Langston Hughes est le plus grand poète noir de l'Amérique et il n'est point, à mon sens, d'écrivain de sa race qui l'égale comme romancier. » Leur amitié ne se démentira pas. Lors du quatrième emprisonnement de Roumain et après qu'il a été condamné à trois ans de prison par la Cour militaire, L. Hughes lance « un Comité pour la libération de Jacques Roumain », aux Etats-Unis, en 1935[52]. On voit

50- En avril-mai 1939. Le 4 avril 1937, Carine, une petite fille, est née à Bruxelles.

51- Beaucoup d'informations ont été connues grâce à l'édition de la correspondance inédite de J. Roumain à sa femme. Cf. Archivos, op. cit., pp. 811 à 925.

52- Poème intitulé « Langston Hughes », *Haïti-Journal*, 20 octobre 1931, également Jacques Roumain écrire à Alain Locke, Professeur à Howard University, le 17 juillet 1932, pour le remercier de son accueil à New-York et toute sa correspondance est traversée de noms qu'il sera utile d'étudier de près.

Plus substantielle est sa relation au poète cubain, Nicolàs Guillén dont l'étude a été faite par Françoise Moulin-Civil qui précise : « Ce recoupement, cette lecture en sympathie, je ne les ai pas conçus dans un souci d'exhaustivité mais davantage – à partir de ma propre expérience de lectrice – à la manière d'un dévoilement subjectif des traces, des résonances, des liens qui, au-delà de la disparition physique de l'un (Jacques Roumain), ont continué de se faire jour dans l'écriture de l'autre (Nicolás Guillén) : une histoire à la fois officielle et intime, factuelle et littéraire, faite de réciprocités et de coïncidences. [53]»

A Paris, en juillet 1937, Guillén et Roumain sont au Congrès des Écrivains pour la défense de la Culture, et l'intervention de l'un (Roumain) pourrait être assumée par l'autre : « Je ne puis faire autrement que d'être un communiste, un antifasciste. Entre mille autres raisons, parce que je suis Nègre ; parce que le fascisme condamne ma race à toutes les indignités.[54] » Mais c'est au retour de Guillén à Paris après le Deuxième Congrès pour la Défense de la Culture à Valence – auquel Roumain a dû renoncer pour des raisons de santé – qu'ils font plus ample connaissance. C'est le début d'une amitié dont Guillén a témoigné. Il admire en Roumain le militant mais surtout l'humaniste et « l'idéaliste charismatique ». Les deux hommes se retrouvent à La Havane, de décembre 1940 à mai 1941, lors de l'exil de

---

Archivos, op. cit., p. 47.

53- Françoise MOULIN CIVIL, « La conversation ininterrompue de Jacques Roumain et Nicolás Guillén » dans *Présences haïtiennes*, CRTF/CICC- Université de Cergy-Pontoise, éd. Encrage, Amiens, 2005, pp. 145 à 156.

54- J. ROUMAIN, « Intervention au Congrès des Écrivains » (16 et 17 juillet 1937), Archivos, op. cit., p. 680.

Roumain. Puis celui-ci invite Guillén à Port-au-Prince en 1942. Quelques quarante intellectuels haïtiens réservèrent un accueil remarquable au poète cubain dans un texte, « Bienvenue au grand poète Nicolàs Guillén », paru le 14 août 1942 dans *Le Nouvelliste.*

Roumain termine et date de Mexico, le 7 juillet 1944, *Gouverneurs de la rosée.* Il écrit à son ami qu'il fera une escale à La Havane avant de regagner Haïti, ce qu'il fait le 3 août avant d'arriver à Port-au-Prince, le 6 août.

Les deux hommes partagent les mêmes convictions dans l'engagement politique et dans l'engagement littéraire. En 1947-1948, Nicolás Guillén, écrit un poème, soit un peu plus de trois ans après la mort de son ami et auquel, « sans doute mû par une profonde et évidente nostalgie, il a donné le titre d'*Élégie à Jacques Roumain dans le ciel d'Haïti.* » L'analyse de cette élégie[55] montre combien les deux hommes n'ont jamais cessé d'œuvrer pour cette poétique dont René Depestre a si justement parlé à propos de Jacques Roumain et qu'il a nommée la « poétique contagieuse de la fraternité.[56]»

55- Se reporter à l'article pour lire l'analyse précise de cette longue élégie reproduite aux pp. 962 à 972 (espagnol/français), Archivos, op. cit. dans le dossier Roumain/Guillén, pp. 927 à 986. « Nous savons que Jacques Roumain passa par La Havane sur le chemin du retour ; il y déjeuna avec son ami le poète Nicolas Guillen, auquel il confia un exemplaire dactylographié du roman, pour qu'il le traduise en espagnol, peut-être en collaboration avec Alejo Carpentier: en effet, dans son article «Sobre Jacques Roumain», publié dans *Hoy* le 25 mai 1961 et repris dans *Prosa de prisa II* en 1975, Guillen écrit que Roumain lui avait laissé «una copia mecanografiada de la novela» ; il précise dans *Páginas vueltas* (1982): «Yo tuve (y la rescaté) una copia mecanografiada de *Los gobernadores del rocío*». Ce tapuscrit semble néanmoins avoir disparu, ce qui est d'autant plus regrettable qu'aucune version manuscrite ou dactylographiée, et aucun jeu d'épreuves ne nous sont parvenus. » (L-F. HOFFMANN, site ile.en.ile)

56- René DEPESTRE, « Parler de Jacques Roumain (1907-1944) », Archivos, op. cit., p. XXVI.

Mai 1941 à Août 1944

Jacques Roumain revient au pays le 18 mai 1941, grâce au changement de président, Elie Lescot succédant à Stenio Vincent. Cette fois, sans abandonner le combat politique, c'est sur deux versants dominants que s'exercent ses activités : celui de l'anthropologie et celui de l'écriture littéraire, l'une épaulant l'autre, comme nous le verrons dans l'étude de *Gouverneurs de la rosée.*

Pendant une année et demie, en Haïti, il crée le Bureau d'ethnologie. Il rencontre, pour la première fois, l'anthropologue, Alfred Métraux, le 17 juillet 1941 qui en a témoigné : « Dans ma vie d'homme de science, je n'ai connu que très peu de collègues capables d'apporter à leurs recherches une passion aussi jeune et aussi forte.[57]»

J. Roumain participe, de sa plume, acerbe et informée scientifiquement, à une connaissance anthropologique plus informée et à dénoncer la campagne anti-superstitieuse[58.]

* En février 1942, « Contribution à l'étude de l'ethnobotanique précolombienne des Grandes Antilles », N°1 du *Bulletin du Bureau d'ethnologie de la République d'Haïti*, Port-au-Prince, imprimerie d'Etat.

* De mars à juillet 1942, dans *Le Nouvelliste*, il multiplie les articles intitulés, « Sur les superstitions » ; puis « Réplique au Révérend Père Froisset ».

* 21 mars 1943, « Le sacrifice du tambour-assôtô(r) » dans le *Bulletin du Bureau d'ethnologie de la République d'Haïti.* Cette étude sera reprise et adaptée pour le roman *Gouverneurs de la rosée* dans la scène de la cérémonie vaudou.

En août 1942, il accueille officiellement Nicolás

57- Archivos, op. cit., p.1221, in *Cahiers d'Haïti*, A. MÉTRAUX, « Jacques Roumain, archéologue et ethnographe », 4 novembre 1944, p. 25.

58- Cf. à ce sujet, le roman de Jacques Stephen ALEXIS (1922-1961), *Les Arbres musiciens*, Gallimard, 1957.

Guillén à Port-au-Prince, comme nous venons de le voir. Puis il est nommé Chargé d'affaires au Mexique où il s'installe en octobre 1942 et dont il reviendra à deux reprises pour se soigner : « J'ai accepté ce poste comme un grand sacrifice, un service à rendre à la cause de mon pays[59] ».

Il termine le manuscrit de son roman, *Gouverneurs de la rosée* qu'il date du 7 juillet 1944, de Mexico.

Notons que, depuis mai et jusqu'en décembre 1944, les Césaire sont invités en Haïti par Pierre Mabille, alors attaché culturel de l'ambassade de France. Aimé Césaire donne une série de conférences à Port-au-Prince, sous le titre général, « Poésie et Connaissance ». Des échos en ont été transmis, de façon jubilatoire, par René Depestre : « En 1944, jeunes en colère à Port-au-Prince, où en étions-nous aux jours qui précédèrent l'arrivée d'Aimé Césaire dans notre vie ? » Et de faire le point sur l'importance qu'avait pour eux le mouvement indigéniste avec Jean-Price Mars, Jacques Roumain et d'autres.

> « En nous invitant, en 1944, à réfléchir sur la poésie et la connaissance, à partir de Lautréamont, Rimbaud, Apollinaire, Breton, et à partir de sa propre expérience de poète et de penseur, il nous aura aidés à voyager en nous-mêmes, à la récupération du moi que la colonisation avait enfoui sous des épaisseurs de mensonges, de poncifs et d'idées reçues.
>
> Le regard que Césaire jeta sur le passé des Haïtiens nous a permis de le redécouvrir dans sa vraie dimension épique. Il nous a délivrés d'une tare de l'historiographie haïtienne : la manie de diminuer un pour grandir un autre. [...] Césaire trancha d'un seul mot ce vain débat : au commencement de l'histoire décoloniale, à l'échelle d'Haïti et du monde, il y a le génie de Toussaint Louverture. Ses intuitions firent monter à un étiage sans précédent le niveau de conscience de ses compagnons d'esclavage. Sans son articulation historique, l'insurrection victorieuse des Noirs de Saint-Domingue (1791-1804) n'aurait pas été l'un des événements majeurs des temps modernes.[60] »

Une des transmissions qu'assure Césaire est donc

59- Lettre à Nicole, 29 mars 1943, Archivos, op. cit., p. 921.

60- Texte publié par René DEPESTRE – Cf. http://www.republique-des-lettres.com/c1/cesaire.shtml en hommage à CÉSAIRE en 1994.

d'affirmer le rôle fondateur de Toussaint Louverture dans la remise en synergie de l'identité noire libérée et jouant son plein rôle dans les énergies du monde. Ce voyage approfondit son désir de mieux connaître l'Histoire d'Haïti. Les Césaire découvrent aussi la beauté du pays. Pour trace, à ce retour d'Haïti, le dernier texte que Suzanne Césaire écrit dans la revue *Tropiques*, en 1945 :

« Il y a plaquées contre les îles, les belles lames vertes de l'eau et du silence. Il y a la pureté du sel autour des Caraïbes. Il y a sous mes yeux la jolie place de Pétion-ville, plantée de pins et d'hibiscus. Il y a mon île, la Martinique et son frais collier de nuages soufflés par la Pelée. Il y a les plus hauts plateaux d'Haïti, où un cheval meurt, foudroyé par l'orage séculairement meurtrier de Hinche. Près de lui son maître contemple le pays qu'il croyait solide et large. Il ne sait pas encore qu'il participe à l'absence d'équilibre des îles. Mais cet accès de démence terrestre lui éclaire le cœur : il se met à penser aux autres Caraïbes, à leurs volcans, à leurs tremblements de terre, à leurs ouragans. [...]

Haïti demeure, enveloppée de la cendre de soleil douce aux yeux des cigales, aux écailles des mabouyas, au visage de métal de la mer qui n'est plus d'eau mais de mercure.

[...] De nouveau Haïti, par des matins de l'été 44, présence des Antilles, plus que sensible, de lieux d'où, à Kenscoff, la vue sur les montagnes est d'une intolérable beauté. »

Le lyrisme n'exclut pas la lucidité et la percée des apparences pour scruter le tragique de l'Histoire. Du ton sans concession auquel elle nous a habitués dans ses articles, Suzanne poursuit :

« Et maintenant lucidité totale. Mon regard par-delà ces formes et ces couleurs parfaites, surprend, sur le très beau visage antillais, ses tourments intérieurs.

Car la trame des désirs inassouvis a pris au piège les Antilles et l'Amérique. [...]

J'écoutais très attentivement, sans les entendre, vos voix perdues dans la symphonie caribéenne qui lançait les trombes à l'assaut des îles. Nous étions semblables à des pur-sang, retenus, piaffant d'impatience, à la lisière de cette savane de sel.[61] »

61- Ce sont quelques extraits du dernier article que Suzanne CÉSAIRE écrit pour la revue *Tropiques,* n° 13-14, 1945, pp. 84-94, sous le titre, « Le grand camouflage », réédité dans *Le Grand camouflage – Ecrits de dissidence*

Ainsi, Haïti pour les Césaire, en 1944, est tout cela : une Histoire forte et fondatrice, un émerveillement devant la nature sans perdre la lucidité sur les dégâts de l'Histoire, mais pas de traces – du moins d'après nos recherches actuelles –, de relations avec des contemporains haïtiens, intellectuels et écrivains. Et, en particulier avec l'un d'eux, Jacques Roumain.

Lorsque les Césaire sont à Port-au-Prince de mai à décembre 1944, les Roumain eux, sont à Mexico ; ils reviennent régulièrement et sont là en juillet et août lorsque Roumain meurt le 18 août 1944 et ses obsèques sont un événement dont R. Depestre se souvient mais sur lequel les Césaire restent silencieux :

> « Le 18 août 1944, les patriotes de *La Nation* marcheront à la tête du cortège funèbre que la pluie rabat sans ménagement vers le cimetière de Port-au-Prince. Ce jour-là, dans la foule hébétée, les plus jeunes héritiers du défunt ont porté sans le savoir le deuil des illusions de toute la vie. La perte de Jacques Roumain nous faisait anticiper sur nos « futures fumées ». Orphelins de « père », selon l'état civil, on l'était déjà, avec un demi-siècle d'anticipation, de tous ses idéaux sauf un : celui qui, trois mois après la mise en terre, nous ouvrira les bras dans la fiction posthume qui a pour titre *Gouverneurs de la rosée.*[62] »

Roumain est un écrivain connu quand Césaire est en Haïti en 1944. Sur place, même s'il était plus difficile de lire les écrits haïtiens en dehors d'Haïti, Césaire n'a-t-il pas eu connaissance de l'article de Roumain, du 4 novembre 1944 (donc à titre posthume), intitulé « La Poésie comme arme » ?[63] Il semble même que la première édition du roman se fasse alors qu'il est à Port-au-Prince.[64] Cette rencontre qui

---

(1941-1945) – Suzanne Césaire, op. cit.

62- René DEPESTRE, « Parler de Jacques Roumain », Liminaire à l'édition Archivos des œuvres de l'écrivain haïtien, op. cit., p. XXIX.

63- Article publié dans *Cahiers d'Haïti II*, *Œuvres complètes*, Archivos, op. cit., p. 728.

64- Cette première édition ne semble s'être vendue qu'à 1000 exemplaires la première année de sa publication. André BRETON, l'année suivante, a lu le roman de Roumain à Port-au-Prince et il fera

n'a pas eu lieu, ou l'absence d'informations à laquelle il faudrait remédier, remet en question, en tout état de cause, la fameuse communauté « naturelle » des écrivains « francophones »[65] quelle que soit leur nationalité et oblige à scruter avec plus de précision les influences, les réseaux et les connivences pour des intellectuels pratiquement de la même génération mais qui ne se croisent pas malgré tant de points communs et à cause, peut-être, de divergences ; écrivains dont l'un, Roumain, est plus en lien intellectuel et amical avec la communauté intellectuelle afro-américaine et l'autre, Césaire, s'en nourrissant intellectuellement, mais plus tourné vers la France.

Géographies proches, Histoire fondatrice revendiquée pour les descendants d'esclaves déportés quel que soit leur statut au XXe siècle, natures jumelles. Néanmoins, il reste un point aveugle dans les témoignages de Césaire : le contemporain haïtien. Soixante années plus tard lorsqu'il l'évoque avec Françoise Vergès, Césaire se rappelle :

> « J'étais encore jeune quand j'y suis allé la première fois. J'ai rencontré des intellectuels, souvent très brillants, mais c'étaient de vrais salopards. Quand je visitais le pays, je voyais les nègres avec leur bêche, travaillant souvent comme des bêtes enchaînées et me parlant créole avec un accent formidable et de manière très sympathique. Ils ne comprenaient pas le français. Ils étaient d'une grand vérité mais pathétiques. Comment faire pour réunir ce monde des intellectuels et des paysans, réaliser une vraie fusion ? [66]»

Jacques Roumain meurt donc le 18 août 1944, à 10

---

l'éloge de ce « chef d'œuvre » devant le Club Savoy, cf. *Œuvres complètes*, Archivos, op. cit., p.259.

65- Même si le terme ne s'utilise pas alors. Sans doute le temps n'était-il pas venu d'une « Littérature-monde » ou faut-il l'entendre comme une communauté plus virtuelle que concrète, faisant fi des frontières, visas et passeports et donc de ce qui fait la réalité des déplacements, dont ROUMAIN a bien connu freins et interdits ?

66- *Aimé Césaire – Nègre je suis, nègre je resterai*, op. cit., p. 52. Comment ne pas penser au travail scientifique et romanesque de Jacques ROUMAIN ?

heures du matin. Quatre hypothèses ont été avancées sur le caractère subi de cette mort : celle de l'empoisonnement, celle du paludisme contractée en prison dès sa première incarcération, celle d'un ulcère au duodénum et celle, enfin d'une anémie pernicieuse. Très vite se crée autour de l'homme une légende qu'un certain nombre de contemporains, de compatriotes et d'admirateurs tisseront, confondant le héros littéraire et l'écrivain :

> « Manuel, gouverneur de la rosée, est mort sous le couteau d'un frère de classe. Jacques Roumain n'a pas été assassiné, mais c'est tout comme, s'il avait vécu : ses frères de cause ont été dispersés, embastillés, portés disparus : un immense silence est tombé sur la terre de Manuel… [67] »

En décembre 1944, le roman paraît, à titre posthume, à Port-au-Prince. Stephen Alexis, dans les *Cahiers d'Haïti*, en février 1945, apprécie ainsi le roman et en dégage les grandes composantes :

> « Son livre est digne du terme chef d'œuvre. Il le mérite, non seulement par l'importance du sujet, mais encore par la beauté de sa langue, par l'habileté de son métier, par ce sens merveilleux du tragique simple.[68]»

Par ailleurs ses poèmes les plus connus sous le titre, « Bois d'Ebène » connaissent deux tirages en 1945 à Port-au-Prince à l'imprimerie Deschamps[69].

Dans sa présentation de l'édition des *Oeuvres complètes*, collection Archivos, René Depestre se souvient :

> « Ma rencontre fortuite avec Roumain remonte à 1943. De son poste de chargé d'affaires d'Haïti à Mexico il était rentré au pays pour quelques semaines de convalescence. Un après-midi, il me prit en stop sur la route de Pétionville. Il m'invita ensuite à poursuivre chez lui la

---

67- Archivos, op. cit., R. DORSINVILLE, p. 1224.

68- Archivos, op. cit., p.25, article publié à Port-au-Prince, sous le titre, « *Gouverneurs de la rosée* ». Le père de Jacques-Stephen Alexis.

69- Le poème titré lui-même *Bois d'Ebène* est daté de 1939 à Bruxelles mais a été écrit, sans doute, en 1937. Archivos, op. cit., pp. 55-60.

conversation commencée dans l'auto. Les noms de Faulkner et de Joyce, Malraux et Kafka, Hemingway et Proust, Maïakovski et Lorca, Einstein et Paul Rivet, Marx et Gramsci, Picasso et Diego Rivera, mirent le feu aux poudres de mon imagination. Plusieurs affluents de la modernité inondaient mes rives assoiffées. C'était le chemin de Damas : un lumineux *uomo di cultura* m'y était apparu, mettant soudain à ma portée tout son savoir ! Moins d'un an plus tard, ma conscience de bachelier était une petite lampe de kérosène ballottée dans une foule échevelée de chagrin : une pluie d'orage à l'haïtienne descendait dans le néant les trente-sept ans de Jacques Roumain. Le sort cruel transformait en testament l'après-midi de la connaissance qu'il partagea avec moi.[70] »

Les légendes ne naissent pas de rien et il ne fait pas de doute que l'internationalisme de l'écrivain et sa mort si précoce ne pouvaient qu'alimenter sa stature nationale et internationale. Cet internationalisme est dûment attesté et sensible :

* dans ses convictions politiques et culturelles,

* dans son cosmopolitisme linguistique et culturel - J. Roumain maîtrisait parfaitement le créole, le français, l'allemand et l'espagnol et disait se sentir moins à l'aise en anglais, langue dans laquelle il donna néanmoins des conférences et écrivit des articles ;

* dans son ancrage haïtien ouvert au monde ;

* dans les amis et les lectures dont il s'est enrichi.

Aucune frilosité dans les lectures pour Jacques Roumain. Encore une fois, René Depestre en témoigne lorsqu'il écrit :

« En ces temps-là, outre Jacques Roumain, nos maîtres étaient Rimbaud, Césaire, Breton, Mabille. Nous étions aussi sous les charmes de Langston Hughes, Alejo Carpentier, Nicolàs Guillén, Apollinaire, Steinbeck. On demandait également à des auteurs russes – Tolstoï, Gogol, Gorki – d'alimenter l'esprit de fronde juvénile qui soufflait alors dans les colonnes de notre hebdo, *La Ruche* (1945-1946). [71] »

70- Archivos, pp. XXI-XXII.
71- Archivos, op. cit., R. DEPESTRE, p. XXII.

Tous ces éléments expliquent sans doute aussi le poids humain et la portée universelle[72] de son œuvre maîtresse qui ne doit pas faire oublier qu'elle vint conclure prématurément et couronner un parcours d'écriture et de création riche et varié.

Gouverneurs de la rosée, auxquelles les pages suivantes vont être consacrées, a largement contribué à aimanter nos regards et nos sensibilités vers ce bout de pays qui pèse si lourd dans l'Histoire de l'humanité [73].

72- Une des mesures de la portée internationale d'une œuvre est sa traduction. Bénéficiant de la diffusion des réseaux des partis communistes dans le monde, *Gouverneurs de la rosée* a été très vite traduit dans de nombreuses langues. Cela ne suffit pas à expliquer son succès durable : il y fallait la qualité de l'œuvre. Cf. L-F. HOFFMANN, site ile.en.ile, donne le détail des traductions et adaptations connues à ce jour. Première vague de traductions entre 1947 et 1951 : allemande, anglaise, danoise, espagnole, hongroise, israélienne, italienne, néerlandaise, polonaise, serbo-croate, tchèque. Traductions suivantes : portugaise (1955), russe (1956), lithuanienne (1959), grecque (1960), roumaine (1965), albanaise (1969) et vietnamienne (1980). En 2000, Maud HEURTELOU a donné, sous le titre *Fòs lawouze*, une «adaptation » de *Gouverneurs de la rosée* en créole haïtien (Coconut Creek, FA, Educavision). Pour cette diffusion internationale, il faut aussi compter avec des rééditions en français dans les pays ex-colonisés, comme l'exemple donné de l'Algérie.

73- *Gouverneurs de la rosée* a fait l'objet de plusieurs adaptations théâtrales (trois au moins ont été publiées) : Camillo BONANNI, *Gouverneurs de la rosée*, pièce en 4 tableaux, d'après le célèbre roman de Jacques Roumain (représenté au Rex Théâtre de Port-au-Prince en 1967; non publiée). - Abdou Anta KA, «Gouverneurs de la rosée», in *Théâtre*, Paris, Présence africaine, 1972. – Elebe LISEMBE, *Chant de la terre, chant de l'eau*, théâtre, Paris, P.-J. Oswald, 1973. – Benjamin JULES-ROSETTE *Gouverneurs de la rosée*, adaptation et mise en scène réalisées pour le Théâtre noir, Paris, 1975, Sarcelles, Éd. Le Caret, 2001.

Il y a eu aussi deux adaptations cinématographiques du roman : *Cumbite*, réalisé en 1964 par le célèbre metteur en scène cubain Tomás Gutiérrez Alea, en espagnol avec des acteurs appartenant à la communauté haïtienne de Cuba, et *Gouverneurs de la rosée*, long métrage réalisé pour la télévision française par Maurice FAILEVIC en 1974 (107') et qui a reçu en 1975 le Prix de la critique et le prix de la confrérie des arts. C'est actuellement, le long métrage le plus diffusé.

Enfin, une adaptation radiophonique, due à J. Jan DOMINIQUE et Madeleine PAILLERE, diffusée en feuilletons en 1972 sur Radio-Haïti Inter. Tous les dialogues avaient été mis en créole, les textes de raccord restant en français. L'écrivaine évoque cette adaptation dans son texte de *Mon Roumain à moi*, op. cit.

Chapitre 2
GOUVERNEURS DE LA ROSÉE LE ROMAN DE L'EAU AU CŒUR DU MONDE PAYSAN

« Aïe ! La vie avait passé comme l'eau courante des montagnes »
Jacques Stephen Alexis[74]

Les lecteurs et critiques s'accordent pour voir dans la thématique sécheresse/eau, l'axe réaliste et poétique majeur du roman. Par quels moyens littéraires, Jacques Roumain fait-il de son récit un roman de l'eau ? Nous interrogerons d'abord le titre et ses significations pour explorer cette thématique plus largement dans le parcours diégétique et exposer enfin le point de vue de deux anthropologues sur ce thème de l'eau et sur le traitement de la paysannerie par Roumain.

La métaphore du titre

Depuis sa parution, en 1944 ce titre résonne comme un véritable ambassadeur d'Haïti. Pour un lecteur

74- J-S. ALEXIS, *Compère Général Soleil*, 1955. Rééd. Gallimard, L'Imaginaire, 1982, p. 344.

simplement francophone, il ne livre pas son sens immédiatement. Métaphorique, il demande un décryptage pour être entendu dans toute sa dimension sémantique. C'est donc par une sorte de lecture « naïve » que nous commencerons en observant les deux substantifs qui le composent et en appréciant ce qu'apporte leur conjonction.

Le titre comme ouverture romanesque

Le Robert signale comme sens « ancien » celui qui vient tout de suite à l'esprit quand on se situe dans un univers qui a été colonisé. En effet, **le gouverneur** est « le fonctionnaire qui, dans une colonie ou un territoire dépendant d'une métropole, était à la fois le principal représentant de l'autorité métropolitaine et le chef de l'administration ». Dans ce sens, « gouverneur » est toujours au singulier. C'est la lecture du roman qui nous permet d'apprécier l'inversion de ce sens et le pluriel du substantif.

La rosée, ce sont ces gouttelettes qui proviennent de la « condensation de la vapeur et (du) dépôt de fines gouttelettes d'eau, sous l'effet du rayonnement de la terre ». La rosée est donc une eau « sobre », née de l'action conjuguée du feu et de la terre.

Ces deux termes télescopent deux champs sémantiques : celui du pouvoir et celui de la nature. L'objet du roman sera-t-il de camper ceux, les « gouverneurs », qui vont prendre pouvoir sur la nature et sur leur société ?

Le personnage principal, Manuel, est le support actif et dynamique de cette liaison pouvoir/nature : il reconstruit sa communauté avec l'aide de la nature [retrouver l'eau et faire reculer sécheresse et misère] et par l'explication politique [solidarité et union]. Le pluriel commence à prendre sa force : contre le pouvoir abusif, c'est l'union de tous qui fera naître un contre-pouvoir par l'entremise des paysans réconciliés avec une nature bienfaisante et comprise et non dominatrice et dévastatrice.

Le champ sémantique de la nature est particularisé, dès le titre, par l'un de ses éléments primordiaux, l'eau ; mais pas n'importe quelle eau, l'eau du matin, l'eau de l'aurore, l'eau du recommencement. Il faut donc procéder à un relevé systématique des occurrences du mot « rosée » à l'appui de notre recherche d'une symbolique :

* p. 16 – Bienaimé rêve des coumbites d'antan : « On entrait dans l'herbe de Guinée ! (les pieds nus dans la rosée) la rosée : c'est l'eau de l'aurore ».

p. 18 – « Et le soleil soudain était là. Il moussait comme une écume de rosée sur le champ d'herbes ».

pp. 42-43 –Manuel s'adresse à sa mère et fait son premier « discours » dont le thème est le refus de la résignation : « Mais la terre, c'est une bataille jour pour jour, une bataille sans repos : défricher, planter, sarcler, arroser, jusqu'à la récolte, et alors tu vois ton champ mûr, couché devant toi le matin sous la rosée et tu dis : moi, untel, **gouverneur de la rosée** et l'orgueil entre dans ton cœur ».

p. 80 – Dans ce passage que l'on peut considérer comme un autre « discours » de Manuel où il fait l'éducation politique de son ami d'enfance, Laurélien Laurore, on peut lire : « Nous ne savons pas encore que nous sommes une force, une seule force : tous les habitants, tous les nègres de plaines et des mornes réunis. Un jour, quand nous aurons compris cette vérité, nous nous lèverons d'un point à l'autre du pays et nous ferons **l'assemblée générale des Gouverneurs de la rosée**, le grand coumbite des travailleurs de la terre pour défricher la misère et planter la vie nouvelle ».

p. 98 – Annaïse a foi en Manuel : « - oui, tu le feras. Tu es le nègre qui trouvera l'eau, tu seras le maître des sources, tu marcheras dans ta rosée et au milieu de tes plantes. Je sens ta force et ta vérité ».

p. 113 – Bienaimé s'endort à tout moment faisant toujours le même rêve, « un champ de maïs à l'infini, les feuilles ruisselantes de rosée, les épis si gonflés qu'ils forçaient leurs enveloppes et que des rangées de grains paraissaient qui semblaient rire ».

p. 131 – Annaïse rêve du jour où elle sera la maîtresse de la case de Manuel : « Je sortirai dans la rosée, au lever du soleil, pour cueillir les fruits de notre terre ».

p. 159 – Marianna, la femme de Josaphat (nouvelle venue à Fonds Rouge) « - A Mahotière, disait-elle, nous avons de l'eau, nous autres. Mais pour les jardins, l'arrosage n'est pas nécessaire. La fraîcheur suffit, la rosée du matin.

Au réveil, tout est brillant et mouillé. Faut voir ça : c'est comme une écume de soleil ».

p. 183 – Manuel à l'agonie : « Dis-lui la volonté du sang qui a coulé : la réconciliation, la réconciliation pour que la vie recommence, pour que le jour se lève sur la rosée ».

p. 188 – Après sa mort, le jour du coumbite, en une énonciation où se confondent Annaïse et le narrateur : « Le vrai Manuel traçait le passage de l'eau dans les jardins, il marchait dans les futures récoltes, dans la rosée de l'avant-jour »*.

Nous voyons que le groupe nominal qui forme le titre ou le mot « rosée » seul sont égrenés à intervalle régulier tout au long de la narration et touchent tous les personnages essentiels de ce roman : les parents Délira et Bienaimé, l'une accessible au raisonnement, l'autre perdu dans sa nostalgie – l'amante, Annaïse, déjà installée dans une vie future – l'ami Laurélien Laurore et enfin une « étrangère » au bourg qui fait rêver d'un autre réel tout proche.

Le contexte lexical qui accompagne chaque fois le mot « rosée » désigne cette eau comme une eau « de vie ». Il forme deux paradigmes qui parfois se conjuguent :

<u>Eau de l'aurore</u>

Ecume	soleil
Source	soleil
Ruisselantes	matin
Fruits	vie
Terre	jour
Fraîcheur	avant-jour
Mouillé	brillant

<u>Ecume du soleil</u>

On a donc l'association d'une certaine lumière et d'une certaine eau : la lumière naissante, l'eau en suffisance et non en abondance. C'est, à chaque fois, une promesse de vie. Du même coup s'éclairent les deux caractéristiques – lumière, source – qui reviennent dans chaque portrait ou événement que le narrateur veut valoriser.

Ainsi les yeux de Délira ont « une lumière de source » (p. 15) ; quant à Annaïse, Manuel lui déclare : « tout est clair en toi et propre comme une source, comme la lumière de tes yeux » (pp. 94-95). Ce qui coule des yeux, ce ne sont pas des larmes mais de l'eau (p. 211). Les paroles de Manuel sont comparées à l'eau si difficile à trouver, « il faut fouiller profond pour trouver leur sens » (p. 129) ; le soleil, « c'est goutte à goutte qu'il filtre » (p. 132). On lit encore « la langue humide de l'eau sur la main » et le « ressac de la danse » (p. 76). L'eau, c'est « la vagabonde » (p. 31) mais c'est aussi « la douce, la bonne, la coulante, la chantante, la fraîche, la bénédiction, la vie ».

Cette insistance sur eau/vie revient lorsque l'eau est comparée au sang : « Il voyait en songe, l'eau courante dans les canaux comme un réseau de veines charriant la vie jusqu'au profond de la terre » (p. 53).

Et lorsque se réalise l'union de Manuel et d'Annaïse, une réécriture de la genèse insiste sur le symbole de la source : « il l'avait prise à la source et la rumeur de l'eau était entrée en elle comme un courant de vie féconde » (p. 186).

Bien évidemment, cette eau secrète, cette eau de source, a son opposé : l'eau stagnante ou l'eau dévastatrice et porteuse de mort : « l'abreuvoir, cet œil de boue couvert d'une taie verdâtre » (p. 26) et « une eau pourrie comme une couleuvre morte » (p. 54) dont les occurrences sont beaucoup moins nombreuses.

Nous voyons donc comment se crée, à partir de l'appellation du titre, tout un réseau métaphorique qui fait bien du titre « un équivalent symbolique » du roman : ***il fait de ce roman sur la sécheresse, un roman ruisselant d'eau et de vie.***

Chaque niveau de métaphorisation participe à la création de cet univers poétique et on comprend mieux alors que Jacques Stephen Alexis ait pu évoquer à son propos le « réalisme merveilleux ». Mais il faut aller plus avant dans la marque haïtienne de ce titre et dans l'ancrage linguistique et créatif de l'expression, « gouverneurs de la rosée ».

En effet nous avons vu en quoi le titre était bien « l'incipit romanesque » selon la formulation de Claude Duchet qui poursuit : « Le titre est un élément du texte global qu'il anticipe et mémorise à la fois. Présent au début et au cours du récit qu'il inaugure il fonctionne comme embrayeur et modulateur de lecture. Métonymie ou métaphore du texte, selon qu'il actualise un élément de la diégèse ou présente du roman un équivalent symbolique, il est sens en suspens, dans l'ambiguïté des deux autres fonctions [...] référentielle et poétique.[75]»

Le titre comme mémoire et écart

Toutefois il n'est pas un « micro-texte autosuffisant ». Il est aussi mémoire et écart et, pour un lecteur haïtien ou créolophone, il éveille une référence (donc une antériorité, un déjà-là) qui lui donne une épaisseur sémantique. On sait bien que Jacques Roumain savait ce sur quoi il jouait d'une part parce qu'il était créolophone et d'autre part parce que trois de ses textes antérieurs utilisent l'expression.

***Le conte de 1936*[76]**

Jacques Roumain qui a épousé Nicole Hibbert, le 29 décembre 1929, a eu un fils, Daniel, à la fin de 1930. Daniel a un peu plus de cinq ans et son père – qui n'en a guère que 29 -, est une fois de plus emprisonné au Pénitencier National en février 1936 et, de sa prison, il lui envoie un conte : « Histoire de Petitami et des grands loups ». Le conte commence par présenter le héros et ses parents : « Le papa de Petitami toute la journée travaillait au champ. Il plantait

75- Claude DUCHET, « Eléments de titrologie romanesque », *Littérature*, n°12, décembre 1973. Le soubassement méthodologique de cette étude du titre est emprunté à cet article.
76- Archivos, op. cit., pp. 416-418.

des patates, des bananes, de la salade, des tomates et des pommes de terre en chantant :

« C'est moi Grandami, le papa de Petitami
Je suis le maître de la terre
Le général des plantes
Le gouverneur de la rosée »

Jacques Roumain adapte, en français, une expression du créole haïtien.

L'article de 1937[77]

Expression à laquelle il tient, sans doute pour sa charge à la fois politique et métaphorique : il l'emploie dans l'article dénonçant le massacre de milliers de paysans haïtiens en République dominicaine sous le dictateur Raphaël Trujillo, « La Tragédie haïtienne », publié dans *Regards*, le 18 novembre 1937. Cette fois l'expression est au pluriel : « Ces paysans noirs, travailleurs acharnés, dont il suffirait de citer le titre magnifique qu'ils se décernent à eux-mêmes : **gouverneurs de la rosée**, pour définir leur dénuement et l'orgueil qu'ils éprouvent de leur destin. »

Roumain dénonce, avant même de connaître le nombre exact des massacrés, ce crime et cette horreur :

« Des milliers d'Haïtiens, cultivateurs paisibles, vivent en territoire dominicain, le long de la frontière. Ils sont assaillis par des bandes, saoules de meurtres, conduites par des soldats. Ceux qui ont tenté de fuir sont traqués, cernés, arrêtés, conduits à l'abattoir pour plus de commodité, à l'intérieur de forteresses et de camps militaires, massacrés, et leurs cadavres jetés aux requins.

Les cases flambent. Dans les bois et les savanes, c'est une affreuse curée : les machettes achèvent sur les femmes, les enfants, les blessés, l'œuvre des fusils et des armes automatiques.

Quand le gouvernement dominicain se décida à mettre fin au carnage, quatre à cinq mille paysans et chômeurs haïtiens avaient péri. C'est ce que, interrogé par les journalistes, le représentant diplomatique de Trujillo à Washington, l'honorable señor Pastoriza, a appelé un incident sans importance. »

S'il ne choisit pas d'en faire le cadre de son futur

77- Archivos, op. cit., pp. 682 à 688. Citation, p. 685.

roman, il est un des premiers intellectuels haïtiens à dénoncer la tuerie que d'autres romanciers inscriront dans leurs fictions[78].

Le récit de 1938[79]

L'expression devient enfin le titre du premier récit de J. Roumain, laissé inachevé. Léon-François Hoffmann écrit que parmi les écrivains haïtiens, « Roumain a été le seul à stigmatiser les atrocités commises par les *marines* américains et leurs auxiliaires de la Gendarmerie d'Haïti contre les paysans insurgés ». Ce sont deux d'entre eux que Roumain met en scène et il s'attarde sur le plus vieux, Jean-Gille :

> « Tout est si calme, si simple. Jean-Gille le connaît bien ce paysage où chaque chose est à sa place pour un rôle tracé par le travail et la misère, la vie et la mort.
>
> Il l'a contemplé pendant cinquante ans d'existence et quand il s'en revenait à midi brûlant de son champ. Voici le détour de la rivière où elle rejoint avec la savane une flamboyante terrasse de soleil, et voici le « figuier maudit » aux branchages chargés de lianes, et sa jument bronchait chaque fois en passant dessous à cause d'un jeu dansant d'ombre et de lumière.
>
> Oui, on avait aussi sa part de chagrin et sa part de douleur et son compte de tracas et beaucoup de bouleversements, mais c'était la destinée, on ne se résignait pas ; la vie, on la prenait à bras le corps et on se gourmait avec elle, en homme tout de bon, les dents serrées. Puis ils étaient arrivés ces blancs américains, soi-disant pour te civiliser et pour ça, il leur faut prendre la terre, et toi, sale nègre, tu feras la corvée toute la sainte journée, payé à coups de pied et de nerf de bœuf. [...]

78- Cf. note 12 de notre chapitre 1.

79- Cette nouvelle sous le titre : « *Gouverneurs de la rosée*, récit haïtien » a été publiée le 25 août 1938 dans l'hebdomadaire parisien de gauche *Regards*. Elle n'a plus été republiée par la suite. « Pour des lecteurs français dont la plupart ignoraient même qu'Haïti avait été occupé, ces quelques pages devaient sembler quelque peu énigmatiques. Sans doute apprécièrent-ils néanmoins la maestria de l'écrivain ; en particulier, sa façon d'articuler sans transition à un français littéraire et même recherché un français populaire mêlé de pur créole et de créolismes. » Technique que ROUMAIN portera à sa perfection dans le roman. Cf. L-F. HOFFMANN, Archivos, op. cit., p.247. Texte même, pp. 249 à 254.

C'est par cette route qu'ils viendraient, en camions, les traquant avec leurs fusils d'enfer : les *machine-guns* qui tirent de longue distance dans un toussotement précipité une grêle de balles, et toi tu charges avec tout ton courage et tu es sans défense comme contre un essaim de guêpes, eh bien ! moi je dis que c'est pas juste.[80] »

La note poético-politique

Léon-François Hoffmann précise qu'en créole, ce n'est pas « gouverneur » qui est utilisé mais « maître » : *mèt lawouze* (littéralement « maître de l'arrosage » désignant celui qui est responsable de tout ce qui est irrigation) ; ce qui n'est pas l'information donnée par Jean Bernabé dans son étude, en 1978, de la diglossie littéraire créole-français dans le roman : *Gouvènè rouzè* qui désigne les distributeurs d'eau pour l'arrosage, en Haïti. Dans son *Atlas d'Haïti*, en 1998, (carte 1185) Dominique Fattier note de nombreuses variantes dont *souké-lawouzé*, *èd seksyon*, *adjwen seksyon*, *èd polis*, *chèf katyé*, *notab*, *oksilyè*, *chanpèt*, "*lapolis kout baton*" ("La police coup de bâton"), *marichal*, *chèf distrik*, "*bout makak*" (bout de matraque) etc. Un témoin a fourni une explication sur la désignation "*souké-lawouzé*" (remueurs de rosée, secoueurs de rosée) : « parce que c'est ceux-là qui marchent toute la nuit, toute la journée).[81]»

Maître ou Gouverneur, Remueur ou secoueur, le jeu poétique est patent : nos premières remarques peuvent se combiner avec les expressions créoles attestées pour donner naissance à cette trouvaille à mi-chemin du politique, du référentiel linguistique et du poétique.

Et le voyage poétique se poursuit aujourd'hui. Dans

80- Archivos, op. cit., pp. 251-252.

81- Dominique FATTIER, *Contribution à l'étude de la genèse d'un créole : l'atlas linguistique d'Haïti – Cartes et commentaires*, ANRT, 1998, 6 vol. Toutes ces formes désignent l'adjoint du chef de section et non les paysans comme chez Roumain qui semble donc bien procéder à un détournement créatif.

ses « Variations poétiques autour de *Gouverneurs de la rosée* », Franckétienne termine ainsi son poème, en 2007 :

« [...] nous attendons le réveil des grands guerriers de l'aube

nous attendons le signal des mains inondées de lumière

nous attendons les gestes de délivrance au bourgeonnement des clartés nouvelles

nous attendons la naissance des fleurs et des fruits aux ultimes spasmes de grossesse mûrie de sacrifices

nous attendons la sensuelle musique des lèvres qui se parlent de partage et d'amour au présent

nous attendons la roue manuelle au carrousel des consciences plus vivaces et plus pures que le feu de la haine

nous attendons encore les battements du rêve majeur contre la rancœur et la détresse

et nous continuerons longtemps encore à quêter l'eau de la réconciliation et du salut collectif en marge de la clameur assourdissante des bizangots et des zobopes barrant la route des Gouverneurs de la Rosée.[82] »

Le thème de l'eau dans le roman

82- FRANCKÉTIENNE dans Collectif, *Mon Roumain à moi*, op. cit., pp.101 à 104. *Bizangots* et *Zobopes* : on lit dans l'ouvrage d'Alfred MÉTRAUX, *Le vaudou haïtien* (préface de Michel Leiris), Gallimard, 1958 (rééd. Tel Gallimard) : « Les paysans haïtiens éprouvent la plus grande répugnance à sortir seuls la nuit. Ils redoutent moins de rencontrer des fantômes ou des mauvais esprits que de tomber inopinément sur une « colonne » de criminels d'un genre particulier que l'on appelle souvent selon les régions *zobop*, *bizango*, *galipote*, « cochons sans poil » ou simplement « sans poil », « cochons gris », *vlanbindingue*, *bossou*, *macandal* ou enfin « voltigeurs ». Les individus ainsi désignés sont des sorciers [...] et qui, de plus, appartiennent à des sociétés secrètes dont les membres, liés entre eux par les forfaits commis en commun, se soutiennent. Les *zobop* (c'est leur nom à Marbial) tirent de leur affiliation à ces confréries des avantages matériels – la richesse et ses symboles : une belle maison, une voiture de luxe et un voyage en France – souvent d'ailleurs moins importants que la satisfaction de faire le mal pour le mal et de « manger des gens » au cours d'expéditions nocturnes. » (p.259).
A la fin du poème, on voit que FRANCKÉTIENNE utilise le même procédé que Roumain avec son titre pour désigner les forces contraires et néfastes dans la société, en utilisant des références populaires dans une acception métaphorique.

La Terre, planète Eau semble tarie. Du moins pour les habitants de Fonds-Rouge qui subissent la sécheresse dans la résignation. « L'eau est tarie depuis les entrailles du morne » (p.59) et plus loin, le texte insiste, « la vie était tarie à Fonds-Rouge » (p.126). Manuel, forgé dans la lutte à Cuba, part à la recherche de l'eau, persuadé qu'elle ne peut avoir ainsi totalement disparu et conscient de la destruction inéluctable de sa communauté s'il ne la trouve pas : « C'est pas Dieu qui abandonne le nègre, dit-il à sa mère, c'est le nègre qui abandonne la terre et il reçoit sa punition : la sécheresse, la misère et la désolation » (p. 43). Son objectif est de « soumettre le caprice de l'eau à ses besoins » (p. 54).

Deux thèmes vont ainsi s'entrecroiser tout au long du récit : celui de la sécheresse, de la désolation, de la destruction et son contraire, le thème de la luxuriance, de la fraîcheur et de l'humidité.

Gouverneurs de la rosée, c'est d'abord le chant de l'eau, le chant de l'amour de la terre qu'il faut fertiliser pour qu'elle donne ses fruits. Jacques Roumain réalise ainsi une des exigences de son existence, rappelée par Roger Dorsinville : « l'exigence de conciliation entre l'homme et son entourage qui est la condition même de l'existence de l'être.[83] »

La nostalgie des temps de l'eau

Dans cette entreprise, il est aidé par son amour de sa terre mais aussi par la femme aimée et par l'ami : Laurélien Laurore. Ce n'est pas simple nostalgie mais nécessité vitale et c'est cette nécessité qui dynamise le récit. Y concourt, pour le lecteur, la nostalgie des temps heureux dont rêve Bienaimé. Il s'évade de la désolation du présent dans le souvenir des terres irriguées d'antan :

> « Avant, l'eau y courait libre, au soleil : son bruissement et sa lumière faisaient un doux rire de couteaux [...] On entrait dans l'herbe de Guinée ! (les pieds nus dans la rosée) [...] Et le soleil soudain était là. Il moussait comme une écume de rosée sur le champ d'herbes [...] Le

83- R. DORSINVILLE, *Jacques Roumain*, Paris, Présence Africaine, 1981, p. 69.

chant emplissait le matin inondé de soleil [...] Le chant prendrait le chemin des roseaux, le long du canal, il remonterait jusqu'à la source tapie au creux d'aisselle du morne, dans la lourde senteur des fougères et des malangas macérés dans l'ombrage et le suintement secret de l'eau » (pp. 16 à 20).

Rêve d'eau, rêve d'évasion : Bienaimé évoque les pluies, « une petite farinade » qui « rafraîchissait la terre, la préparait pour les grandes ondées » et la « vraie » pluie : « cette pluie, c'était sa récompense. Il la regardait avec amitié, tomber en filets serrés, il l'écoutait clapoter sur la dalle de pierre devant la tonnelle » (pp. 24-25). De même, plus loin dans le récit, il imagine « un champ de maïs à l'infini, les feuilles ruisselantes de rosée, les épis si gonflés qu'ils forçaient leurs enveloppes et que des rangées de grains paraissaient qui semblaient rire » (p. 113).

Mais avec Manuel, le rêve d'eau devient dynamique et non plus seulement nostalgique. Il apprécie lucidement la catastrophe même si, à sa descente de car, il espérait encore un miracle : « l'eau, ça change parfois de cours, comme un chien de maître. Qui sait où elle coulait, à l'heure qu'il est, la vagabonde » (p. 31). Dès sa première conversation avec Annaïse, il se pénètre de la réalité : « Quand je suis parti, il n'y avait pas cette sécheresse-là. L'eau coulait dans la ravine, pas en quantité pour dire vrai, mais toujours de quoi pour le besoin, et même parfois, si la pluie tombait dans les mornes, assez pour un petit débordement » (p. 32).

L'espoir de l'eau devient ensuite son obsession et son soutien :

> « Il voyait comme en songe, l'eau courante dans les canaux comme un réseau de veines charriant la vie jusqu'au profond de la terre ; les bananiers inclinés sous la caresse soyeuse du vent, les épis barbus du maïs, les "carreaux" de patates allongés dans les jardins, toute cette terre roussie, recrépie aux couleurs de la verdure.» (p. 53)

On voit ainsi comment la nostalgie du passé se transforme en songe d'avenir. Auparavant, de la source Fanchon, l'eau « venait des reins mêmes du morne, cheminant secrètement, filtrant avec patience dans le noir, pour apparaître, enfin, dans la brèche de la colline, débarrassée de limon, fraîche et claire comme un regard d'aveugle » (p.58).

Manuel transmet à Annaïse ses visions d'avenir : « Que dirais-tu, Anna, si la plaine se peinturait à neuf, si dans la savane, l'herbe de Guinée montait haute comme une rivière en crue ? » (p. 97).

Il fait le serment : « Je trouverai l'eau et je l'amènerai dans la plaine, la corde d'un canal au cou » (p.60). Ce serment établit un contrat entre lui et sa communauté, contrat que la voix de la narration énonce, se confondant avec Manuel dans cette sorte de monologue intérieur : « Que le tonnerre l'écrase s'il ne fouillait les veines de leurs ravins avec ses propres ongles, jusqu'à trouver l'eau, jusqu'à sentir sa langue humide sur la main[84] » (p. 59).

Pour remplir ce contrat, Manuel va jusqu'au sacrifice de lui-même et ses dernières paroles de mourant, à sa mère, sont claires :

> « L'eau, faut sauver l'eau, les ramiers, ils battent de l'aile dans le feuillage, les ramiers. Demande à Annaïse le chemin qui mène au figuier-maudit, le chemin de l'eau [...] Dis-lui la volonté du sang qui a coulé : la réconciliation, la réconciliation pour que la vie recommence, pour que le jour se lève sur la rosée » (pp. 180-183).

La nostalgie de l'eau habite enfin ceux du clan ennemi lorsqu'ils doivent accepter ou refuser la réconciliation :

> « L'eau. Son sillage ensoleillé dans la plaine ; son clapotis dans le canal du jardin, son bruissement lorsque dans sa course, elle rencontre des chevelures d'herbes ; le reflet délayé du ciel mêlé à l'image fuyante des roseaux ; les négresses remplissant à la source leurs calebasses ruisselantes et leurs cruches d'argile rouge ; le chant des lessiveuses ; les terres gorgées, les hautes cultures mûrissantes » (p. 156).

Par la volonté de l'homme, eau et réconciliation deviennent synonymes : « l'eau lavera le sang et la récolte nouvelle poussera sur le passé et mûrira sur l'oubli » (p. 141). Car, comme nous l'avons vu antérieurement, pour jouir de

84- Formulation du contrat en termes « aquatiques »...

l'eau, le concours de tous est nécessaire :

> « Il faudrait organiser un grand coumbite de tous les habitants et l'eau les unirait à nouveau, son haleine fraîche disperserait l'odeur maligne de la rancune et de la haine ; la communauté fraternelle renaîtrait avec les plantes nouvelles, les champs chargés de fruits et d'épis, la terre gorgée de vie simple et féconde » (p. 86).

Eau vive, eau morte : ailleurs et ici

Le village est dans la désolation : le peu d'eau qu'on y trouve est une eau morte, pourrie, fétide. Bienaimé « regarde son voisin s'en aller avec son âne vers l'abreuvoir, cette mare stagnante, cet œil de boue couvert d'une taie verdâtre où tous boivent, hommes et bêtes » (p. 26). Lorsque son fils l'interroge sur l'état des différentes sources, ses appréciations sont sans appel : « il n'y a que la mare Zombi, mais c'est un marigot à maragouins : une eau pourrie comme une couleuvre morte, enroulée, une eau épaisse et sans force pour courir » (p. 54). Lorsqu'on évoque la source Lauriers, c'est « un trou de boue caillée » (p. 54) et la mare Zombi « exhalait une odeur chaude et décomposée que le vent rabattait vers le village avec des nuées de maragouins » (p. 162).

A l'inverse, les autres villages et surtout Mahotière, sont favorisés. A Mahotière, l'eau est bonne à boire mais c'est loin de Fonds-Rouge :

> « A Mahotière, dit Marianna, nous avons de l'eau, nous autres. Mais pour les jardins, l'arrosage n'est même pas nécessaire. La fraîcheur suffit, la rosée du matin. Au réveil, tout est brillant et mouillé. Faut voir ça, c'est comme une écume de soleil » (p. 159).

Ce sont les vieux de Mahotière qui racontent la légende de la Maîtresse de l'Eau (p.166). Enfin, c'est Mahotière qui fait l'objet d'une interpellation du narrateur au lecteur :

> « ...Compère, tu ne connais pas la source de Mahotière. C'est que tu n'es pas de ces parages, frère [...] On dirait que le soleil prend plaisir à jouer sur les galets et l'eau fait un bavardage continuel qui se mêle au claquement des battaouels des lessiveuses sur le linge mouillé, ça fait une rumeur intarissable, un murmure rieur qui accompagne le chant des négresses [...] Mais la grande chance de ses habitants, c'est la source. Il

n'y a pas, dans tous les alentours, d'eau meilleure ni plus claire pour la boire, et vers Plaisance, dans la courbe ouverte de la ravine, elle gagne le plat de la plaine où les nègres de l'endroit l'ont étalée pour leurs rizières » (p. 165).

Cette insistance sur Mahotière la bénie de l'eau désigne bien l'espace contrepoint de Fonds-Rouge et la mesure des aspirations des habitants victimes de la sécheresse : ils ne rêvent pas d'abondance mais de mesure, avec, de temps à autre, « un petit débordement »...

L'eau, la source, la vie

Le point culminant du roman est, sans nul doute, la découverte de l'eau. Le lecteur qui a sué et souffert avec Manuel sur les pentes et sur les mornes, qui s'est désolé avec les habitants, devient complice de l'exploration fructueuse du héros.

Quand le moment arrive, le narrateur choisit un espace symbolique, une « île »... qui, par définition, est un lieu entouré d'eau de toutes parts :

> « Ce plateau de Chambrun où se trouvait Manuel s'élevait au milieu d'une petite plaine qui l'isolait, comme une île, du mouvement des collines environnantes » (p. 118).

L'île dit « l'eau » et comme toute quête de renaissance, la quête de Manuel y est difficile, solitaire ; mais elle conduit à un espace clos, un espace heureux, un lieu de l'innocence retrouvée où tout devient possible. Songeur, sur son « île », Manuel voit un vol de ramiers, « les ramiers, ça préfère le frais [...] Le cœur lui battait à grands coups » (p.120). Le héros pénètre alors le secret du morne et le figuier-maudit dont « les racines monstrueuses étendaient une main d'autorité sur la possession et le secret de ce coin de terre », livre son mystère et sa source.

> « Manuel s'étendit sur le sol. Il l'étreignait à plein corps : " Elle est là, la douce, la bonne, la coulante, la chantante, la fraîche, la bénédiction, la vie". Il baisait la terre des lèvres et riait » (p. 122).

Cette litanie en l'honneur de l'eau est bien chant

d'amour, comme nous le disions précédemment… chant d'amour repris et amplifié lorsque Manuel revient à la source avec Annaïse : la séquence est celle d'un commencement du monde dans l'union de l'homme et de la femme sur laquelle veille le figuier-maudit, gardien de l'eau. La scène de prise de possession de l'eau se répète et s'élargit :

> « Parce que au commencement des commencements, il y avait une femme et un homme comme toi et moi ; à leurs pieds coulait la première source et la femme et l'homme entrèrent dans la source et se baignèrent dans la vie » (p. 132).

Plus tard, Annaïse se souvient : « Il l'avait prise à la source et la rumeur de l'eau était entrée en elle comme un courant de vie féconde » (p. 186).

Transfert de mythe

Manuel redit donc à sa façon l'histoire de la création, les débuts de l'humanité. Il va également transformer, par son geste, le mythe ancien en mythe d'aujourd'hui.

> « Les vieux de Mahotière racontent comme ça que la Maîtresse de l'Eau est une femme mulâtresse. A minuit, elle sort de la source et chante et peigne sa longue chevelure ruisselante que ça fait une musique plus douce que les violons. C'est un chant de perdition pour celui qui l'entend, il n'y a pas de signe de la croix ni d'au nom du Père qui puisse le sauver, son maléfice le prend comme un poisson dans une nasse et la Maîtresse de l'Eau l'attend au bord de la source et chante et lui sourit et lui fait signe de la suivre au fond des eaux dont il ne remontera jamais » (p. 166).

Dans *Gouverneurs de la rosée*, il n'y a plus de Maîtresse de l'Eau maléfique mais un Maître de l'Eau qui revient vers son peuple « les mains pleines de dons.[85] » Annaïse l'avait prédit : « Tu es le nègre qui trouveras l'eau, tu seras le maître des sources, tu marcheras dans ta rosée et au milieu de tes plantes » (p. 98). Elle songe à lui, à « cet homme si grand […] qui connaissait le mystère du sommeil de l'eau dans les veines des mornes » (p. 139). En le nommant « Maître de l'Eau », Annaïse célèbre son action au grand jour et non la nuit ; il est celui qui agit par persuasion : « « Ô Maître de

85- R. DORSINVILLE, op. cit., p.73.

l'Eau, il n'y a pas de mauvaise magie en toi, mais tu connais toutes les sources » (p. 104). Au-delà de sa mort, il trace la voie à tous : « Le vrai Manuel traçait le passage de l'eau dans les jardins, il marchait dans les futures récoltes, dans la rosée de l'avant-jour » (p. 188)[86].

Ainsi le Maître de l'Eau, maître de vie, efface la Maîtresse de l'Eau celle qui attirait vers le néant. Comment ne pas mettre ici en correspondance le travail du romancier avec ce que Brecht suggérera, sensiblement à la même période, du rapport du créateur aux traditions : « Le nouveau doit surmonter l'ancien, mais il doit comprendre en lui l'ancien à l'état dominé, "le supprimer en le conservant".[87] »

Ce travail de l'eau dans l'écriture romanesque nous fait mieux comprendre l'échange de sens constant dans presque tous les passages cités entre : eau et vie, eau et sang, canaux et veines, aisselle du morne et jaillissement de source.

L'eau dans l'univers des images

L'eau n'est pas simple thématique ; elle apparaît dans toute la symbolique de l'œuvre. Elle coule entre chaque ligne, elle intervient à tout moment, elle magnifie la beauté et appelle le bonheur de vivre.

L'eau fait resplendir les corps. Ainsi de la jeune négresse qui remplit ses calebasses : « quand elle sort du courant, des bracelets de fraîcheur se défont autour de ses jambes » (p. 20). Lorsque Manuel se lave, au retour d'une de ses expéditions : « Torse nu, derrière la case, sa peau frottée avec vigueur prenait une lumière lustrée et ses muscles s'étiraient avec souplesse comme des lianes gonflées de sève » (p. 62). Annaïse, enfin, lavant son linge dans la rivière, toute environnée d'eau « ressemble à une reine de Guinée [...] avec ses reins cambrés, ses seins nus, durs et dressés, sa

86- Cf. l'interprétation différente que donne Maximien LAROCHE de ce transfert de mythe, dans son article de 1981. Archivos, p. 1593.

87- Bertolt BRECHT, *Sur le réalisme*, L'Arche, Travaux 8, p.105.

peau si noire et si lisse » (p. 166).

L'eau est le symbole de la vie, symbole du pays que l'on aime : elle participe à sa glorification. Dans son hymne de retour, Manuel nomme « le sang de ses rivières » et « la source de son regard » (p. 30).

L'eau intervient également dans la cérémonie vaudou. Le premier don au houngan est une cruche d'eau avec laquelle il accomplit les premiers gestes rituels (p. 68). Elle est l'image-pivot du chant de Ogoun, chant prophétique annonçant la mort et la renaissance :

> « Vous fouillerez le canal, je dis : prenez garde – la veine est ouverte, le sang court – Ô la veine est ouverte, le sang coule ».

Ainsi l'eau et le sang de Manuel seront confondus dans le même symbole de ressourcement.

Tout ce qui est arrivé est symbole d'eau vive : la parole de Manuel « clair(e) comme l'eau courante au soleil » (p. 81) et dans laquelle « il faut fouiller profond pour trouver » le sens (p. 129) ; les yeux de Delira ont « une lumière de source » (p. 15), de même que ceux d'Annaïse : « tout était clair en toi et propre comme une source, comme la lumière de tes yeux » (p. 94). Le soleil « filtre goutte à goutte (p. 132) et les voix « insouciantes des jeunes négresses jaillissaient comme une fontaine dans la nuit » (p. 126). Le chant du coumbite enfin, est « le chant de la terre, de l'eau, des plantes, de l'amitié entre habitants » (p. 212).

Tout ce qui est refusé ou dénoncé est symbolisé par une eau dévastatrice : ainsi quand Bienaimé réagit violemment à la proposition de réconciliation, sa fureur les surprend « comme une averse » (p. 142). Quant à la haine, c'est de l'eau pourrie : c'est comme un marigot de boue verte, de bile cuite, d'humeurs rances et macérées » (p. 143)... !

L'eau sert enfin à « imager » la mort :

> « A midi, tu traverses la rivière à pied. Sèche ; pas ça d'eau : des galets et des roches. Mais la pluie est tombée à l'avalasse dans les mornes, et vers l'après-midi, l'eau descend comme une déchaînée et ravage tout

sur son passage, l'enragée. C'est comme ça que vient la mort. Sans qu'on s'attende, et on ne peut rien contre elle, frères » (p.198).

Nous avons vu combien le titre prend toute sa profondeur, au fur et à mesure que se lit le roman. Il se charge de sens à travers toutes ces occurrences diverses de l'eau, mais aussi parce que ses termes mêmes sont repris par Manuel.

Il explique à sa mère Delira : « Tu vois ton champ mûr couché devant toi le matin, sous la rosée, et tu dis : moi, untel, gouverneur de la rosée, et l'orgueil entre dans ton cœur » (p.43). Il explique à son compagnon-disciple, Laurélien Laurore : « Nous ferons l'assemblée générale des gouverneurs de la rosée, le grand coumbite des travailleurs de la terre pour défricher la misère et planter la vie nouvelle » (p.80). Et Annaïse reprend le terme en écho : « Je sortirai dans la rosée, au lever du soleil, pour cueillir les fruits de notre terre » (p.131).

Le roman magnifie la rosée dans la lumière du jour naissant, promesse de vie. Eau secrète, eau de vie, eau de renouveau : elle fait de ce roman sur la disparition de l'eau, un roman de son omniprésence dans l'avenir, elle immerge l'écriture dans un ressourcement.

Contrepoints anthropologiques

Dans son étude précise et passionnante à lire en ce qui concerne la formation ethnologique de Roumain et ses motivations ainsi que la place de l'ethnologie dans ces années 1930-1940, « Jacques Roumain et la fascination de l'ethnologie »[88], André-Marcel d'Ans, après avoir décerné un bon point au romancier pour la langue de son roman, remarque :

88- A-M. D'ANS, Archivos, op. cit., pp. 1378 à 1428.

« On ne peut malheureusement pas dire que cette impression de vraisemblance se retrouve sur le fond, où il se confirme que l'auteur ignore à peu près tout de la vie paysanne. Comment croire par exemple qu'une communauté ait pu de cette façon perdre la trace de son eau, et qu'au retour d'une très longue absence un homme tout seul puisse la redécouvrir au nez et à la barbe des habitants du cru ? [89]»

André-Marcel D'Ans dénonce les invraisemblances comme le fait qu'une source trouvée sur un autre territoire soit captée par les habitants de Fonds Rouge au mépris des règles de succession et d'appropriation foncière, sans provoquer de conflit. Il estime aussi que le différend entre Sauveur et Dorisca est invraisemblable et que le coumbite tel qu'il est représenté par Roumain procède d'un « idyllisme désinformé » et qu'un contresens équivalent est fait à propos du vaudou.

Enfin situant avec précision Fonds-Rouge – que l'on ressent à la lecture comme imprécis sans doute volontairement de la part du romancier – il affirme que cette région ne pouvait avoir comme problème essentiel celui de l'eau.

« En effet, cette région[90] avait été à partir du début des années 20, le théâtre de graves dépossessions paysannes, du fait de la rapacité foncière de l'Haytian American Sugar Company (HASCO), la principale des compagnies étrangères qui profitèrent de l'occupation américaine pour venir s'implanter en Haïti. »

Cette cécité de Roumain viendrait, selon André-Marcel d'Ans, de sa méconnaissance de la paysannerie due à ses origines, de son orthodoxie communiste et de son allégeance aux théories de Moscou. Il n'a donc fait preuve que d'inertie « face aux difficultés réelles des paysans de la plaine du Cul-de-Sac, auxquelles il préféra substituer les poétiques

89- Ibid., p. 1423. Dans la dernière partie de l'article qui sous le sous-titre de « l'empreinte ethnologique dans *Gouverneurs de la rosée*, est une exécution en règle du roman et du romancier par la même occasion.

90- Donc celle où se situerait Fonds-Rouge que D'ANS inscrit d'autorité et avec certitude sur la carte.

tribulations de bucoliques campagnards relevant de l'affabulation ethnologique.»

Si nous reprenons cette critique radicale et définitive du roman de Roumain, c'est parce qu'il nous semble, après l'étude poétique de la thématique de l'eau qu'elle est exemplaire des irritations fortes et des incompréhensions que peut susciter un roman s'appuyant sur du référentiel symbolisé. L'œuvre d'art est prise comme document et non comme construction symbolique. La dernière partie de l'article de d'Ans focalise sur la fiction comme reflet mécanique du réel et refuse de voir qu'un romancier construit une symbolique par rapport à des points de réalité qu'il façonne et qu'il offre comme utopie dynamique à son lecteur.

Prendre une fiction « au pied de la lettre », c'est lui ôter ce qui fait sa force de rêve au-delà du réel, combler les imprécisions volontaires du romancier – comme celle de l'emplacement du village –, lui faire le reproche de n'avoir pas choisi les bons sujets. Ces sujets qui sont suggérés et que Roumain n'ignorait pas, incitent à poser d'autres questions à la démarche de création de Roumain : qu'a-t-il voulu dire par cette fable, par ce roman-conte ?

Gérard Barthélémy, pour sa part, dans « Voyage au pays des gouverneurs »[91] adopte un angle de vue différent, avec certainement plus de sympathie pour l'écrivain. D'entrée de jeu, il précise qu'il limite son étude à ce qui « touche au paysan des mornes et à l'univers traditionnel de la campagne haïtienne. » A l'époque où Jacques Roumain place au centre de son écriture les paysans, avec *La Montagne ensorcelée* en 1931, il innove complètement par rapport aux autres romans publiés. Il impose la problématique paysanne dans son opposition à l'élite citadine, non dans un geste paternaliste et condescendant mais dans une opposition à

91- Archivos, pp. 1266 à 1296.

égalité si l'on peut dire. A-t-il suffisamment pénétré ce monde paysan pour le connaître ? Les escapades sur les terres familiales durant l'enfance et l'adolescence lui ont-elles donné cette connaissance du monde paysan qu'il revendique ? Evitant de répondre à cette question, G. Barthélémy constate, en tout cas, qu'elles lui ont donné une fascination et une attirance évidentes et, au-delà, un engagement en rupture avec sa classe d'origine, avec des connaissances fragmentaires mais précises du milieu rural : « il aura réussi à faire partager sa propre nostalgie du paradis perdu et d'un âge d'or révolu comme repoussoir de sa vision tragique du présent. [92]»

La vision idyllique de la campagne haïtienne que l'on peut trouver dans certains de ses écrits de jeunesse, est corroborée en grande partie par les économistes et géographes[93] mais déjà cette campagne est agressée par les tentatives d'industrialisation américaine et la crise caféière des années trente. La fertilité de la campagne d'alors est tout à fait celle que Roumain décrit aux environs de la source que découvre Manuel. Toutefois, de façon dominante lorsqu'on lit l'ensemble des écrits de Roumain, ce qui domine ce n'est pas la vision paradisiaque mais une vision d'enfer et de désert, comme celle de « la Savane Désolée proche du port des Gonaïves.[94] » Il choisit en quelque sorte cette zone aride très délimitée et qui est une sorte de micro-climat, pour frapper l'imagination et servir son projet romanesque. Il transforme aussi les causes de cette désertification qui, dans la réalité, sont plus le fait de phénomènes climatiques que de l'action destructrice de l'homme :

> « En fait, tout se passe comme si à une époque où l'érosion en Haïti était encore très limitée, dans une prévision étonnamment perspicace et pour mieux justifier la tragédie paysanne qui s'amorce

---

92- Ibid., p.1268.

93- G. BARTHELEMY renvoie expressément à Paul Moral, *Le Paysan haïtien*, Paris, Maisonneuve et Larose, 1961.

94- Ibid., p. 1269 et des articles de ROUMAIN dans *Haïti Journal* en 1930.

devant ses yeux, l'auteur ne trouvait comme référence que cette plaine figée dans l'aridité depuis des siècles. La présence obsédante des bayahondes, sorte d'acacias épineux, devient ainsi la marque de tous les paysages de Fonds Rouge, le village de Manuel, le signe même de l'érosion. [...] A travers toute l'œuvre de Roumain se retrouvera cette obsession de la soif de la terre liée au thème de l'érosion, dans *La Montagne ensorcelée* aussi bien que dans la description de Dajabon, proche du lieu du massacre de émigrés haïtiens en République dominicaine en 1937. Cela conduit tout naturellement Manuel à ébaucher pour le lecteur une explication de la conservation des sols digne d'un véritable agronome-poète : "ce sont les racines qui font amitié avec la terre et la retiennent." [95]»

En ce qui concerne le chef de district, l'image qu'en donne Roumain correspond bien à la réalité héritée du Code rural datant de 1865 et qui exerce toujours ses effets. Toutefois la vie rurale n'est pas l'enfer décrit et pour s'en convaincre, il faut comparer ce que dit Roumain à l'ouvrage *Conditions rurales en Haïti* de Maurice Dartigue, publié en 1938 à l'imprimerie de l'État à Port-au-Prince. Le tableau scientifique est moins catastrophique sur le plan économique : mais là aussi, Roumain a un objectif qui est de défendre les paysans et précisément ce n'est pas la corde idyllique qu'il veut pincer. Sur le plan humain, ce qu'il affirme ou sous-entend en matière d'habitat, de frugalité du quotidien, d'analphabétisme est tout à fait réaliste : « Jacques Roumain et la *Revue Indigène* ne réclament pas autre chose (que) la reconnaissance de l'identité haïtienne (passant) donc bien par la reconnaissance du paysan et de sa culture. [96]»

Pour prendre la mesure du caractère novateur de Roumain dans son regard sur le paysan et son parti-pris d'idéalisation selon l'objectif qu'il s'est fixé, il faut lire en regard le portrait dressé du même paysan par le président Sténio Vincent :

« L'homme est ignorant, superstitieux, *sans besoins*, de mœurs plutôt dissolues, sans goût pour le travail ou l'effort, livré à lui-même et aux instincts mauvais de sa nature, allant presque sans vêtement, et sans

95- Ibid., p. 1270.
96- Ibid., p. 1273.

en paraître gêné le moins du monde, sans feu ni lieu… gaspillant la terre, la stérilisant, l'épuisant par de stupides plantations.

Cet homme-là est tiré *à des centaines de milliers d'exemplaires.* On le rencontre partout, faisant triompher son vandalisme inconscient contre une terre dont il a été, en fait, le seul maître, pendant plus d'un siècle.[97] »

Roumain connaît les manques et les écueils et, particulièrement, les effets néfastes de la collectivité sur un individu qui est « un bon habitant ». Dans *La Montagne ensorcelée*, il n'y a pas de remède à cette emprise du collectif sur l'individu et le dénouement est dysphorique. Le romancier en reste au constat. Par contre, plus de dix années plus tard et dans un mouvement évolutif dont G. Barthélémy retrace les étapes, le remède est trouvé pour contrôler l'action négative de la collectivité : et ce remède, c'est l'eau et le critique affirme de manière très pertinente :

« On a trop souvent insisté sur le rôle individuel et quasi messianique d'un Manuel faisant le sacrifice de sa vie pour que le groupe renaisse, sans se rendre compte que là n'est pas le véritable message de Roumain. Le sacrifice symbolique de l'individu exemplaire n'est que le prix qu'il faut payer pour atteindre le véritable objectif : la réussite d'une œuvre réalisée et gérée en commun grâce au rétablissement de l'harmonie au sein du groupe.[98] »

Comme l'avait remarqué, de manière très acerbe, André-Marcel d'Ans précédemment, techniquement le « remède » de Manuel ni sa faisabilité, ne sont guère vraisemblables. Si le coumbite revu par Roumain est une idée généreuse, elle constitue « un amalgame trop rapide avec la collectivisation des moyens de production » et ne correspond pas à la réalité de la pratique.

Ce qui importe alors à G. Barthélémy, c'est : « à la lumière de ces éléments, […] de tenter de tracer son itinéraire idéologique en le décrivant comme une succession de solutions envisagées, puis partiellement abandonnées en fonction non pas tant de ses préférences personnelles que

---

97- Ibid., p.1273 cite Sténio VINCENT, *Efforts et résultats*, Port-au-Prince, Impr. de l'État, 1938, p. 144.
98- Ibid., p. 1277.

des chances de voir son rêve se réaliser avec, au cœur, le monde paysan.[99] »

Il montre alors, écrits journalistiques et littéraires à l'appui, comment Roumain est passé – avec des stations plus ou moins longues –, du nationalisme à l'indigénisme. Il s'est ensuite engagé dans le communisme, espérant trouver une dimension commune aux deux protagonistes séparés : le monde paysan et le monde urbain. C'est une étape aussi durant laquelle il est attiré par la Négritude et son internationalisme pour finalement prendre conscience qu'il faut repartir à zéro, reprendre au commencement pour comprendre et il se lance alors dans l'ethnologie et l'approche scientifique :

> « Il s'agit d'une démarche d'humilité devant les faits et les hommes. Parvenu au début de son âge mûr, cet ancien adolescent-prodige, repart ainsi à l'école, d'abord à l'Université à Paris, puis aux Etats-Unis, pour mieux se mettre à l'école des paysans eux-mêmes qu'il prend pour mission d'apprendre à connaître véritablement.[100] »

A cette étape où il écrit *Gouverneurs de la rosée*, la solution est Manuel, Haïtien revenu politiquement formé de Cuba et qui ne va pas exercer son esprit de rébellion contre l'autre monde de son pays, l'élite au pouvoir, mais dans sa communauté paysanne même. Si « le cadre strictement agronomique » du roman est assez fantaisiste, il n'est pas primordial ; c'est le cadre humain qui l'est. Roumain évite la niaiserie du folklorisme en se distinguant « par son investissement personnel dans l'utopie, mais dans une utopie tronquée qu'il n'a pas eu le temps de mener à terme.[101] »

C'est cette audace d'avoir eu la conviction et de l'avoir traduite en termes romanesques, donc accessible à un plus grand nombre, que les paysans assureront « la résurrection d'Haïti » qui fait, pour G. Barthélémy, le poids de l'apport de Roumain. « Cinquante ans plus tard, conclut-il, il semble

99- Ibid, p. 1286.
100- Ibid., p. 1291.
101- Ibid., p. 1295.

malheureusement que son appel n'a pas encore été ni entendu ni compris et que cette évidence simple fait encore scandale ![102] »

On voit donc comment, en tenant compte du projet littéraire – primauté de l'humain et création d'une utopie – G. Barthélémy rend à Roumain ce qui lui revient sans masquer ses insuffisances scientifiques dues à cette suspension de vie prématurée.

Après avoir traité d'abord sous son aspect stylistique et poétique cette thématique eau/sécheresse, au cœur de la fiction paysanne construite par Roumain et l'avoir mise à l'épreuve des points de vue des anthropologues, nous voudrions, dans le chapitre suivant, traiter de la création langagière dans *Gouverneurs de la rosée* puisque, sur ce plan, c'est une belle unanimité qui se dégage tant du côté des tièdes ou des détracteurs que des amoureux ou des laudateurs du roman.

André-Marcel d'Ans écrit à ce propos :

« En raison de la diglossie régnant dans son pays, où tout le monde parle créole, Jacques Roumain n'avait pas à franchir le premier des obstacles qui normalement se dresse en travers de la route de l'ethnologue : l'apprentissage de la langue. Une des plus grandes réussites de ce qu'il appelle son "roman paysan " est la facilité avec laquelle l'écrivain reproduit en français le créole de la vie courante, en sachant préserver toute la saveur d'élocution et la chaleur émotionnelle de cette langue populaire d'oralité. De ce procédé dont il use avec une grande maîtrise, Jacques Roumain tire un effet de vérité saisissant : il réussit à faire littéralement entendre, en français, les phrases que ses personnages prononcent en créole.[103] »

Cette appréciation mitigée est tout de même une des rares appréciations positives que l'anthropologue fait du roman même si on sent, chez lui, une réelle difficulté à apprécier à sa juste mesure le travail, pas du tout « naturel »,

102- Ibid., p. 1296.
103 - Ibid., p. 1423.

que Roumain fait sur la langue non pour produire un reflet vraisemblable des usages mais pour créer une langue littéraire.

Chapitre 3
L'INVENTION D'UNE LANGUE

Dans son introduction aux *Œuvres complètes de Jacques Roumain*, L-F. Hoffmann écrit :

> « La langue française, que Jacques Roumain allait si brillamment illustrer, avait toujours été, pour les Haïtiens éduqués, à la fois source de fierté et arme dissuasive dans la lutte des classes [...]. L'attachement à la culture et à la langue françaises relevait donc de la fierté patriotique, mais était aussi consciemment utilisé comme une barrière efficace à la mobilité sociale ascendante. Les classes dominantes affectaient d'ignorer et de mépriser toutes les manifestations, linguistiques, religieuses ou artistiques, de la culture des masses illettrées.[104] »

La classe dont il est question et à laquelle Roumain appartient, le jeune intellectuel la combat et la critique de manière acerbe dès ses premiers écrits journalistiques ou fictionnels. Mais, plus définitivement encore, il va « l'oublier » en donnant ses lettres de noblesse au récit paysan par l'invention d'une langue littéraire polyphonique.

Jacques Roumain n'est pas le premier écrivain haïtien à

104- Archivos, L-F. HOFFMANN, p. XXXIII. La question des langues en Haïti a été très étudiée et, en particulier par les critiques que nous citons à la fin de ce chapitre. Cf. aussi pour une synthèse précise, Dominique FATTIER, « Haïti et ses langues – Représentations et réalités », dans *Présences Haïtiennes*, 2005, op. cit., pp. 159 à 170. Cf. aussi : « Une simple observation permet de constater qu'il n'y a pas un bilinguisme équilibré entre le français et le créole en Haïti. Il y a plutôt une diglossie entre ces deux langues, d'ailleurs influencée par l'anglais et l'espagnol, langues des pays voisins », Louis-Auguste JOINT, *Système éducatif et inégalités sociales en Haïti – Le cas des écoles catholiques*, Préface de Laënnec HURBON, L'Harmattan, 2006, 524 p. Citation, p. 130.

donner droit de cité littéraire au créole. Il suffit d'évoquer le nom d'Oswald Durand et son poème *Choucoune* pour nommer l'un de ses illustres devanciers. Il est intéressant de noter les précisions de Nadève Ménard à propos de ce poème :

> « "Choucoune", le poème le plus célèbre, reprendra ce thème car Choucoune quittera le narrateur pour un Blanc : « Yon p'tit blanc rivé:/ P'tit barb' roug', belle' figur' rose ;/ Montr' sous côté, bell' chivé…/ Malheur moin, li qui la cause'…/ Li trouvé Choucoun' joli:/ Li parlé francé, Choucoun' aimé-li… ». Le recueil *Rires et Pleurs* contient trois poèmes en créole dont Choucoune, chose inhabituelle et remarquable pour l'époque. D'après la légende, le texte de Choucoune aurait été inspiré par une capoise, Marie Noël Bélizaire, qui aurait quitté le poète pour un étranger. Histoire vraie ou fiction, ce poème garantit la postérité de Durand. Il a été mis en musique par Michel Mauléart Montont et joué publiquement pour la première fois en 1893. Depuis, il y en a eu plusieurs traductions et adaptations, notamment en anglais sous le titre *Yellow Bird.* En 1957, Norman Luboff adapte la mélodie de Montont ; Alan et Marilyn Keith Bergman ont écrit les nouvelles paroles en gardant la référence aux oiseaux présents dans le poème de Durand pour créer *Yellow Bird.* Toujours en 1957, Lord Burgess a écrit les paroles « Don't ever love me » sur la même musique, version rendue populaire par Harry Belafonte. En fait, plusieurs versions de la chanson sont devenues populaires aux Etats-Unis. Aujourd'hui, la chanson *Yellow Bird* fait partie du patrimoine caribéen, mais est parfois citée comme une chanson traditionnelle jamaïcaine.[105] »

Dans le domaine de la prose narrative, Justin Lhérisson est un autre de ses illustres prédécesseurs avec ses deux romans, *Zoune chez sa Ninnaine* et *La Famille des Pitite-*

105- Nadève MÉNARD, article « Oswald Durand » dans le *Dictionnaire des écrivains francophones classiques*, Genève/Paris, éd. Champion, 2010. Bien que Maximilien LAROCHE prévienne sur la page de l'écrivain (site ile.en.ile) qu'il ne faut pas le confondre avec un autre Oswald DURAND (1888-1982) administrateur colonial français, gouverneur du Sénégal en 1946, écrivain et romancier, c'est bien cette confusion que l'on trouve dans *Histoire des Littératures antillaises* de Dominique CHANCÉ (Ellipses, aux pp. 50-51). Ce n'est pas lui qui a écrit *Terre noire* en 1935 ni fait des travaux sur les Peuls et il ne « s'inscrit pas dans le mouvement de la négritude ». Il était né en 1840 et est mort en 1906.

Caille, publiés respectivement en 1906 et en 1929. Nadève Ménard précise :

> « Dans la préface à *La Famille des Pitite-Caille*, Lhérisson indique qu'il inaugure un nouveau genre qu'il appelle l'audience et qui s'inspire des pratiques linguistiques et culturelles haïtiennes. [...] Il crée le personnage de Golimin, qui « sait tout » et qui aurait raconté au narrateur anonyme les histoires de la famille Pitite-Caille et de Zoune. C'est Golimin qui prévient le narrateur au début de *La Famille des Pitite-Caille* que " ce ne sera ni une charge, ni un roman ; ce sera tout simplement une *audience* à la vieille manière haïtienne, à la bonne franquette. Ça t'amusera, ça te fera méditer, et j'espère que ça te consolera de bien des choses. " Son style porte les marques de l'oralité : il interpelle directement le lecteur, insiste sur la description et inclut des digressions. [...] Le style très humoristique de Lhérisson met aussi en évidence un mélange constant des deux langues du pays. L'auteur est reconnu comme étant l'un des premiers à avoir opéré un tel brassage du créole et du français. Il intègre des mots et des expressions créoles dans des structures grammaticales françaises et inclut des dialogues en créole dans ses textes. Les noms choisis pour les personnages ont souvent une signification en créole : Zétrenne, Maréchal Ticoq, Sor Poum, Pitite-Caille, pour ne citer que ceux-là. Lhérisson transcrit également l'accent créole de certains personnages en français par une orthographe phonétique. En fait, par son usage des langues, Lhérisson signifie le statut social et la capacité linguistique des différents personnages. [106]»

Le travail littéraire de Roumain s'inscrit dans une tradition de respect de la langue du pays, respect perceptible par cette inscription en littérature. Il représente, à un degré très achevé, cette négociation linguistique qui en fait, encore aujourd'hui, sa réussite la plus sensible. Son objectif est de faire comprendre en français en donnant tout le temps le sentiment au lecteur qu'il est dans un univers haïtien créolophone. Le roman tente de ne s'écrire ni en français normé ni en créole mais dans une langue littéraire qui invente des passages entre ces deux langues, une langue littéraire, résolument *art*/ificielle.

Avant d'analyser cet apport, regardons cette langue au

106- Nadève MÉNARD, article « Justin Lhérisson » dans le *Dictionnaire des écrivains francophones classiques*, Genève/Paris, éd. Champion, 2010.

plus près du texte[107].

Les langues autres que le créole et le français

Dès la première lecture du roman, on remarque que plusieurs langues coexistent de façon très visible. Certaines sont distinguées typographiquement, d'autres pas.

Celles qui sont distinguées par l'italique sont le "français-français", le créole, l'espagnol, le latin. En mettant de côté le créole dont la présence est beaucoup plus massive et complexe, ce sont ces trois autres langues que nous examinons.

Le "français-français"

Cette appellation est utilisée par le Simidor quand il raconte la cour à une femme telle qu'elle se pratiquait dans le temps :

> « A l'époque, on était plus éclairé que vous autres nègres d'aujourd'hui, on avait de l'instruction : je commence donc dans mon français-français : "Mademoiselle, depuis que jé vous ai vur, sous la galérie du presbyté, j'ai un transpô'd'amou' pou' toi. J'ai déjà coupé gaules, poteaux et paille pou' bâtir cette maison de vous. Le jou de not' mariage les rats sortiront de leurs ratines et les cabrits de Sor Minnaine viendront beugler devant notre porte. Alô' pou' assurer not' franchise d'amour, Mademoiselle, je demande la permission pour une petite effronterie » (pp. 47-48).

La réponse de Sor Mélie suit dans la même langue…

107- Voir en fin de chapitre, différents articles s'intéressant à la question de la langue littéraire de Roumain. Pour notre part, notre première étude de 1978 a été intégrée dans notre thèse en 1982 (Paris III-Sorbonne nouvelle), thèse publiée en 1985 : Christiane ACHOUR, *Abécédaire en devenir. Langue française et colonialisme en Algérie*, Alger, Enap, 1985, 607 p. L'étude sur Roumain aux pp. 472 à 523. Nous en reprenons des développements.

pour le plus grand plaisir du lecteur. Roumain s'amuse à reproduire un mode d'articulation spécifique, ce qu'il ne fait pas lorsque les personnages s'expriment dans leur langue. Il y a là volonté de péjoration de cette langue, étrangère mais socialement reconnue, pour celui qui parle dans le récit. Ainsi, dans ce « roman de langue française », le français, pour la classe paysanne représentant les trois-quarts de la population haïtienne, apparaît comme une langue semi-étrangère, réservée à des circonstances très solennelles de l'existence ou dans des épreuves que l'on franchit en usant d'un langage conventionnel et codifié.[108]

Le latin

Il apparaît fort peu et son intervention est très circonscrite : c'est le père Savane qui l'utilise et le statut social de cet homme est attaché à cette compétence linguistique français-latin :

> « Malgré sa hâte, il se réjouit des mots latins qu'il va prononcer de ces *vobiscum, saeculum et dominum* qui sonnent comme une retombée de baguette sur un tambour et qui font murmurer avec admiration à ces ignorants d'habitants : "Tonnerre, il est fort, oui, cet Aristomène".
>
> Sa voix s'élève avec le chantonnement plaintif, nasillard et solennel des curés. [...]
>
> Délira n'écoute ce langage précipité, ce bafouillis sacré que comme une rumeur lointaine et incompréhensible. [...]
>
> Aristomène qui psalmodie de plus en plus vite, pressé qu'il est d'en finir... *Santae Trinitas – Per Christum Dominum Nostrum. Amen.* » (pp. 203-205)

Le latin n'intervient donc qu'au moment de l'enterrement de Manuel : il est la langue d'une religion importée et n'exprime pas de communion entre l'habitant et Dieu. La véritable prière au mort, c'est celle de Délira que Roumain livre par le biais du monologue intérieur du personnage. Cette prière, on peut la résumer par la phrase de

108- Que, sans le dire dans le roman, ROUMAIN distingue du français qu'il maîtrise totalement et dont il use et qu'il plie aux exigences de son projet.

la p. 202 : « Que cette lumière de ton âme te guide dans la nuit éternelle, afin que tu trouves le chemin de ce pays de Guinée où tu reposeras en paix avec les Anciens de ta race. [109] »

La juxtaposition linguistique père Savane/Délira et l'extériorité de la vision du narrateur pour l'officiant opposée à sa proximité avec Délira valorisent, sans conteste, la langue de Délira.

La « vision » ou le « point de vue », adoptée par Roumain dans le récit, est à prendre en considération de manière constante. En effet ce positionnement du narrateur (ou de la voix narratrice) renseigne sur la façon dont les événements rapportés sont perçus par lui, et, en conséquence, ce qu'il veut transmettre à son lecteur : « ce n'est plus la phrase en tant qu'énoncé qui nous intéressera mais en tant qu'énonciation. [110]» La « vision du dedans » (exemple de Délira) marque la complicité narrateur/personnage/lecteur. Ailleurs, lorsque le narrateur donne la parole à « l'ennemi », Hilarion, le procédé d'intervention et de captation du lecteur est encore plus évident. Hilarion fait des plans pour récupérer les terres des paysans aux abois : « Je ferais les recouvrements et je mettrais ma part de côté. On verra. (Oui, on verra si les habitants se laisseront faire) » (p. 215).

L'espagnol

L'intervention de cette troisième langue est beaucoup plus importante, intéressante et significative. La présence de l'espagnol rend palpable une réalité géographique – proximité de l'île où Manuel a été travailler –, une réalité socio-économique – la nécessité de l'émigration pour travailler – ; ce passage par l'exil pour raisons économiques

109- On se souvient du poème de ROUMAIN, *Guinée*, écrit en 1931. Cf. note 37, chapitre 1.

110- T. TODOROV, « Poétique », *Qu'est-ce que le structuralisme ?* (collectif), Paris, Le Seuil, 1968, p. 116.

est valorisé car cette langue est celle de Manuel. Son ami d'enfance, Laurélien Laurore, lui demande :

« On dit comme ça que dans ce pays de Cuba, ils parlent une autre langue que nous autres, comme qui dirait un jargon. On dit encore qu'ils causent si tellement vite, que tu peux ouvrir tout large le pavillon de ton oreille, tu ne comprends rien à rien, à croire qu'ils auraient monté chaque parole sur les quatre roues d'un cabrouet à toute course. Est-ce que tu parles cette langue-là ? »

Et Manuel lui répond : « Bien sûr ! » (p.45)

Tout au long du roman, Roumain émaille le discours de Manuel de termes espagnols. C'est d'ailleurs par un mot espagnol : « Carajo » (p.30) qu'il entre dans le texte. Mais auparavant, soulignant la proximité mère/fils, c'est à Délira que revient l'introduction de l'espagnol à la p. 27 : « Il devait rentrer après la *Zafra*, ainsi que ces Espagnols appellent la récolte. »

L'emploi du démonstratif par Délira, comme celui de « jargon » par Laurélien Laurore montre un certain dédain. Progressivement cette langue est mieux acceptée car elle fait partie du personnage admiré de Manuel. Cette nouvelle compétence linguistique ne lui enlève rien de son « haïtianité », de son appartenance au terroir. Sur les 42 notes infrapaginales insérées par le romancier, 14 sont des explications d'expressions espagnoles :

*la *huelga* (la grève, p. 34) – *Hé, qué pasa ?* (Que se passe-t-il ?, p. 36) – *Haïtiano maldito, negro de mierda* (maudit Haïtien, sale nègre, p. 40) – *Sor* (Sœur, p. 47) – *viejo* (vieux, p. 48) – *Alto !* (Halte-là !, p.50) – *compadre* (compère, p. 51) – *El hijo de puta* (le fils de putain, p. 57) – *Les cacos* (paysans révolutionnaires, p. 64)[111] – *Don* (gros propriétaire terrien, p. 64) – *Vamos* (Allons, p. 73) – *cabezes* (caboches, p. 120) – *el hijo de… su madre* (le fils de sa mère, p. 170) – *El desgraciado* (le

111- Allusion, dans la bouche de Bienaimé, le père, au mouvement des cacos qui a pris naissance et s'est développé dans le Nord de Haïti en 1912. Allusion que ROUMAIN ne glose pas tant elle est connue du lecteur haïtien.

misérable, p. 178)*

Deux explications sont intégrées dans le discours même de Manuel qui s'auto-traduit : « Mais il y a quelque chose qui te fait *aguantar*, qui te permet de supporter » (p. 33) et

« *Matar a un Haitiano o a un perro* : tuer un Haïtien ou un chien, c'est la même chose, disent les hommes de la police rurale : des vraies bêtes féroces » (p. 50). D'autres se comprennent sans traduction : « *Parece* une véritable malédiction « (p. 32) – « Tu vois ma case ? *Bueno… bueno* » (p. 102) – « Les ramiers, ça préfère le frais. *Caramba*, si c'était… » (p. 120) – « *Bueno*, dit Manuel. Je les verrai plus tard » (p.145).

C'est donc bien par la langue que s'inscrit en texte l'exil cubain de Manuel et qu'est marquée sa différence par rapport aux autres habitants de Fonds Rouge. Dès le début du roman, le narrateur constate que Délira « était toute attentive à cette voix sombre qui scandait les phrases y mêlant de temps en temps à autre l'éclat d'un mot étranger. » (p. 34). C'est par l'espagnol qu'il a pris conscience d'un vocabulaire et de la réalité de la lutte prolétarienne : ainsi, l'explication qu'il donne de la huelga doit dépasser la simple traduction car le mot « grève » en français ne dit rien à sa mère ni à Annaïse.[112]

Cette présence de l'espagnol peut éclairer aussi le choix que fait le romancier quand il écrit son récit paysan : faire revenir Manuel de Cuba et non de Saint-Domingue,

---

112- Le mot survient dans un échange avec Délira en p. 34 puis il est expliqué à Annaïse p. 99 : « Regarde ce doigt comme c'est maigre, et celui-là tout faible, et cet autre, pas plus gaillard, et ce malheureux, pas bien fort non plus, et ce dernier tout seul et pour son compte.
Il serra le poing :
-Et maintenant, est-ce que c'est assez solide, assez massif, assez ramassé ? On dirait que oui, pas vrai ? Eh bien, la grève, c'est ça : un NON de mille voix qui ne font qu'une et qui s'abat sur la table du patron avec le pesant d'une roche. »

destination d'émigration la plus immédiate des Haïtiens qui y ont subi un massacre le 18 novembre 1937, massacre que Roumain fut un des premiers journalistes à dénoncer catégoriquement.

Pour son roman épiphanique, il choisit une période moins marquée par la tragédie ; néanmoins, l'espagnol fait le lien entre deux réalités comparables : les insultes des Gardes à Cuba sont les mêmes, dans la même langue, que celles qu'utilisent les Dominicains et qu'on lira dans les romans de Jacques Stephen Alexis et Edwige Danticat : « Haïtiano maldito, negro de mierda ». Comme le dit le Simidor :

> « J'ai traversé plusieurs fois la frontière : ces Dominicains-là, ce sont des gens comme nous-mêmes, sauf qu'ils ont une couleur plus rouge que les nègres d'Haïti, et leurs femmes sont des mulâtresses à grande crinière. » (p.45)

Les langues autres que le créole et le français sont vécues différemment. Le latin, ce « bafouillis sacré... incompréhensible » et le français-français, sophistiqué, sont des langues institutionnelles, en lisière de la vie haïtienne. L'espagnol, par contre, du « jargon » du début, est ensuite mieux intégré et ouvre les habitants à une réalité semblable à la leur où Manuel a appris à ne pas se résigner.

Le créole en toutes lettres et en palimpseste

Il ne fait pas de doute à la lecture de *Gouverneurs de la rosée* que le créole est la langue valorisée. Un bel exemple en est donné lorsque Manuel entreprend de convaincre les habitants d'accepter la réconciliation pour que tous partagent l'eau : « Manuel avait traduit en bon créole le langage exigeant de la plaine assoiffée, la plainte des plantes, les promesses et tous les mirages de l'eau » (p.150).

Poursuivant dans la voie ouverte par Oswald Durand et surtout Justin Lhérisson et dans celle préconisée par Jean

Price-Mars dénonçant le peu de cas que faisait la majorité des œuvres littéraires haïtiennes, de Haïti, et préconisant la revalorisation de la culture populaire haïtienne, du créole et du vaudou, Roumain pousse plus loin l'expérimentation d'une langue littéraire qui ne soit pas simple juxtaposition de langues mais inversion des dominantes et des valorisations pour que la langue du texte ne soit pas en décalage par rapport à sa thématique et ses personnages et donne conjointement plain chant à son utopie pour l'avenir de Haïti.

La langue que l'on entend dans le récit n'est pas seulement une « langue maquis du peuple »[113], elle est aussi une langue qui négocie avec la langue dominante qu'est le français pour la plier à ses exigences de lutte et pour se l'approprier totalement. Par rapport à la langue française dans sa pratique normée dominante, Roumain introduit toutes sortes de distorsions, des plus attendues aux plus inventives. Les plus attendues, ce sont les traces d'oralité dans l'écrit :

« Est-ce que j'ai pas assez de tracas comme ça ? » (p. 14) – « nos grands pieds de travailleurs de la terre, on vous les foutra un jour dans le cul, salauds » (p. 22) – « un petit quéque chose contre l'émotion » (p. 39, 206) – « sauf vot' respect » (p.44), etc...– Il y a aussi de fréquentes exclamatives, interjections, effets de redondance.

Le créole est la langue qui régit les rapports sociaux, économiques et religieux des habitants de Fonds-Rouge.

L'ethnotexte

Le créole est souverain - et accompagné de notes infrapaginales quand le sens peut échapper au lecteur

113- Expression reprise à Louis-Jean CALVET, *Linguistique et colonialisme* : « La langue refuge, la langue lieu privilégié de l'authenticité refusée, la langue dernier recours contre l'aliénation coloniale, en un mot, la langue maquis du peuple », Paris, Payot, 1974, p. 155.

francophone[114] -, dans tout ce qui concerne la vie au quotidien, la nature, la cérémonie vaudou, les noms de lieux et de personnes. Cela détermine, en grande partie, ce « réalisme merveilleux » dont Jacques-Stephen Alexis a parlé à propos de *Gouverneurs de la rosée* : cet ancrage dans la réalité haïtienne fait que « chacune des silhouettes haïtiennes nous devient aussitôt familière.[115] ».

La nature a une place de choix dans ce roman paysan. Dès le lendemain de son arrivée, Manuel explore les environs et éprouve le besoin « de chanter un salut aux arbres » :

> « Plantes, ô mes plantes, je vous dis : honneur ; vous me répondrez : respect, pour que je puisse entrer. Vous êtes ma maison, vous êtes mon pays. Plantes, je dis : lianes de mes bois, je suis planté dans cette terre, je suis lié à cette terre. Plantes, ô mes plantes, je vous dis : honneur ; répondez-moi : respect, pour que je puisse passer » (p.56).

Ce n'est pas une nature exotique, offerte à la contemplation dans son écart par rapport à la nature de France mais une nature qui est cadre de vie des habitants : d'où une précision dans la dénomination de la flore et de la faune. Des listes complètes peuvent en être dressées. Plantes et arbres s'y mêlent donnant une impression de variété et de luxuriance malgré la sécheresse.

Les appellations peuvent être connues du lecteur francophone, comme :

*cactus, bambous, lianes aux fleurs mauves et blanches, flamboyant, genévriers, acajous, manguiers, avocatiers, gommiers, halliers, calebassier, bananiers. On

114- Avec cette pratique de traduction ou d'explication, ROUMAIN a un geste d'échange avec le lecteur francophone qui ne maîtrise pas le créole. L'effet recherché est aussi d'afficher l'équivalence entre les langues française et créole. En cela, il s'adresse aussi aux siens. Double rapport au public de toute œuvre francophone pétrie de sa propre réalité mais écrite en français.

115- Cf. la présentation du roman par le romancier, « Jacques Roumain vivant », en 1964 pour les *Œuvres choisies* de Jacques Roumain, éditées aux éditions du Progrès à Moscou, Archivos, pp. 1492-1498.

peut y ajouter : maïs, vigne sauvage, fougères, patates, cresson, menthe et savane.*

D'autres substantifs se comprennent en contexte [116]:

petit-mil, pois-congo, arbres à pain, bois de chênes, bois-trompettes, figuier-maudit.

Un dictionnaire français donne les définitions d'arbres et arbustes comme[117] :

tamariniers, campêchers, lataniers, frangipaniers, agaves.

La dernière série de termes n'est expliquée ni en texte ni dans le dictionnaire :

bayahondes, assorossis, malangas, branchages de mombins et mangos.

Pour la faune, il n'y a pratiquement pas de problème de compréhension pour un lecteur francophone. Une première série regroupe : les corneilles, les coqs, la volaille, les tourterelles, les pintades sauvages, les criquets, le cochon, les ramiers, les corbeaux, les bœufs, les taons, les ortolans, les écrevisses. La seconde série est expliquée par Roumain : maragouins (moustiques), cadaches (araignées velues), mabouyas (lézards).

Si l'on prend le mot « morne » qui revient très souvent dans le roman, on constate que la définition qui correspond à cet usage haïtien n'arrive qu'en troisième position dans Le Robert, avec la définition suivante :

« 1640, mot créole des Antilles ; esp. morro « monticule ». Dans les îles : Réunion, Antilles, petite montagne isolée de forme arrondie. Et de nouveau, ici, l'illustration est une citation d'un auteur français,

116- C'est la seule possible puisqu'un dictionnaire usuel français n'en donne pas de définitions.

117- Pour ces définitions, le dictionnaire utilise la qualification d'exotique. Ainsi le tamarinier, « Grand arbre exotique à fleurs en grappe qui pousse dans les régions tropicales » et a pour illustration un vers de BAUDELAIRE : « Pendant que le parfum des verts tamariniers ».

Bernardin de Saint Pierre : « On voit une grande partie de l'île avec ses mornes surmontés de leurs pitons. »

Pourquoi ne pas lui préférer une citation d'un écrivain du pays, francophone, Roumain par exemple : « Plus loin, comme une sombre épaule contre le ciel, un autre morne se dresse parcouru de ravinements étincelants » (p.15) ?

La vie quotidienne

Les ustensiles (calebasses, chaudron, casseroles, battouels des lessiveuses), les mets (boisson à la cannelle, à l'anis, clairin, tafia), tout le menu du coumbite d'antan (grilleau de cochon pimenté à l'emporte-bouche, maïs moulu à la morue, riz-soleil avec des pois rouges étoffés de petit salé, des bananes, des patates, des ignames, un morceau de cassave), l'habillement, surtout en ce qui concerne Annaïse, Manuel et à un moindre degré Délira et Bienaimé sont présents comme reflet de cette vie paysanne.[118]

Les appellations affectueuses abondent et donnent aux échanges un tour particulier : nègre a moué, mon fi, pitite mouin, cousin, frère, beau-frère, viejo. Les appellations courantes : nègre, négresse, sor, compadre, commère/compère, ma belle négresse, chère, Ma madame. Les formules de politesse : « est-ce que tu viendras demain-si-dieu-veut ? », Paix à ta bouche – Honneur et respect / Serviteur.

Et Manuel explique :

> « Tous les habitants sont pareils, tous forment une seule famille. C'est pour cela qu'ils s'appellent entre eux : frère, compère, cousin, beau-frère. L'un a besoin de l'autre. L'un périt sans le secours de l'autre. » (p.172)

Le plus souvent, c'est le narrateur qui introduit des parenthèses explicatives pour le lecteur : « parfois elle s'arrêtait pour prendre et donner des nouvelles, car c'est en

---

118- Nous voyons que pour les différentes catégories, on a la même distribution : lexique connu, lexique expliqué par le romancier, lexique deviné par le contexte, lexique ignoré que seul un dictionnaire à références haïtiennes pourrait faire connaître.

pays d'Haïti coutume de bon voisinage » (p.35) ; mais l'exemple le plus frappant est celui du « télégueule » :

> « Avant midi, le bruit que Manuel avait découvert une source s'était répandu à travers le village. Nous avons un mot pour ça, nous autres, nègres d'Haïti : le TELEGUEULE que nous disons, et faut pas plus pour qu'une nouvelle, bonne ou mauvaise, véridique ou fausse, agréable ou malveillante, circule de bouche en bouche, de porte en porte et bientôt, elle a fait le tour du pays, on est tout étonné, tellement c'est rapide » (p. 147).

La religion

C'est ici tout le lexique qui désigne le vaudou : papa Legba, loa, Papa Loko, Maître Agoué, le hougan, ses hounsi, Abobo, différents noms qu'on nous signale comme celles des divinités afro-haïtiennes, lexique mieux connu aujourd'hui et moins péjoré qu'à l'époque de Roumain.

Du côté de la religion chrétienne, outre le latin, on note les interpellations : « ô Jésus-Maria la Sainte Vierge », « le bon Dieu » « la Vierge Altagrâce ».

Le plus souvent, on voit se mêler les deux religions comme lorsque Délira prie pour le retour de son fils :

> « O Sainte Vierge, au nom des saints de la terre, au nom des saints de la lune, au nom des saints des étoiles, au nom des saints du vent, au nom des saints des tempêtes, protège, je t'en prie, s'il te plaît, mon garçon en pays étranger, ô Maître des Carrefours, ouvre-lui un chemin sans danger ? Amen. » (p.28)

Il n'était pas possible pour Roumain, dans sa perspective de revalorisation de la culture haïtienne et dans sa volonté de rendre compte de la vie paysanne, de ne pas consacrer sa part au culte vodou. Manuel après 15 années d'exil, ne peut, pour ses parents et les habitants de Fonds-Rouge, reprendre sa place sans une cérémonie de remerciement. Délira lui dit :

> « - C'est lui, Papa Legba, qui t'a ouvert le chemin du retour. Clairemise l'a vu en songe, Atibon-Legba, le maître des carrefours. J'ai déjà invité la famille et le voisinage. Demain tu iras au bourg acheter cinq gallons de clairin et deux bouteilles de rhum » (p.68)

On sait que, en même temps qu'il achève son roman à Mexico, Jacques Roumain publie une étude ethnologique, « Le sacrifice du Tambour-Assôtô(r) » au Bureau d'ethnologie de la République d'Haïti à Port-au-Prince, imprimerie de l'Etat, le 23 mars 1943[119]. Entre l'étude ethnologique et les neuf pages du roman, il n'y a, bien entendu, aucune comparaison de longueur et de précision. On constate que Roumain retient essentiellement la cérémonie d'ouverture :

> Etude : « La cérémonie de Legba commence à la barrière. Le Houngan s'y présente avec sa société qui se compose généralement de dix-sept, cinquante ou quatre-vingts personnes. [...] Le chef de la famille des sacrifiants accueille le Houngan, et en le saluant d'une révérence, lui présente une cruche d'eau. [120]»
>
> Roman – « Une rumeur de voix, sur la route, annonça l'arrivée de Dorméus. Bienaimé l'attendait déjà à la barrière. Le houngan s'avança ; c'était un grand nègre rougeâtre, du sérieux dans chacun de ses mouvements. La théorie de ses hounsi coiffées et vêtues de blanc immaculé le suivait et elles élevaient dans leurs mains des esquilles de pin allumées. Elles précédaient le La Place, ordonnateur du cérémoniel, les porte-drapeaux, les joueurs de tambours et de gong.
>
> Faisant une révérence, Bienaimé offrit à Dorméus une cruche d'eau. » (p. 68).

Viennent les autres gestes rituels, le premier chant[121], une scène de possession attendue, le sacrifice du coq, puis l'irruption d'Ogoun « le loa redoutable, dieu des forgerons et des et des hommes de sang et il criait d'une voix de tonnerre » (p.73). Cette irruption permet au romancier d'introduire une prolepse, annonce d'une partie du dénouement dans le chant d'Ogoun qui est de son invention, sur le modèle des autres chants (p.75), chant qui sonne comme une prémonition funeste aux oreilles de Délira.

119- Cf. à nouveau les commentaires tout à fait rédhibitoires d'André-Marcel D'ANS dans son article déjà cité, aux pp. 1418 à 1422. On peut regretter qu'il n'ait pas donné une appréciation de la citation littéraire de ROUMAIN quand il sélectionne certains éléments du rite dans le roman.

120- Archivos, p. 1089.

121- Archivos, pp. 1090-1091// roman, p. 69 et sq.

Conforme à la position qui a été la sienne en mars 1942 dans ses articles, « A propos de la campagne "anti-superstitieuse" »[122,] Dans *Gouverneurs de la rosée*, Roumain défend par rapport au vodou une position de culture et non une position de foi. Manuel, plus encore que dans d'autres pages du roman, y est son porte-parole, à la fois impliqué et distant, esquivant l'adhésion ou la condamnation :

> « Manuel s'abandonnait au ressac de la danse, mais une singulière tristesse se glissait en son esprit. [...] Les habitants oubliaient leur misère : la danse et l'alcool les anesthésiaient, entraînaient et noyaient leur conscience naufragée dans ces régions irréelles et louches où les guettait la déraison farouche des dieux africains » (p. 76).

Le jeu des interférences – créolismes et traces du français du XVIIe s.

Un certain nombre de mots ou d'expressions sont hérités d'un usage ancien du français correspondant à l'état de langue que les colons ont transporté et acclimaté avec eux et sont attestés en créole. Ce sont des « archaïsmes » (du point de vue du français moderne et non du point de vue du créole), des écarts libres dus à la créativité du langage et montrant la richesse du créole.

*ainsi du verbe bailler : « je n'ai pas à te bailler d'explication » (p. 89 mais aussi aux pp. 14, 37, 38, 132, 141, 162, 175, 189).

*De même pour le verbe héler, toujours en relation avec Dieu : « de pauvres créatures qui hèlent le bon Dieu » (p. 13 mais aussi 187 et 205).

* Des expressions comme : « soyez comptés » pour

122- Archivos, pp. 741 à 792. Dans son premier article, ROUMAIN apprécie « le vaudou » comme « un syncrétisme catholico-vaudou » avec toutes les traces des religions africaines sous le colonialisme brutal. André-Marcel D'ANS est beaucoup moins sévère pour cette série d'articles qu'il ne l'est pour l'étude ethnologique et pour l'absence de savoir de ROUMAIN sur la paysannerie haïtienne, comme nous l'avons déjà évoqué. Cf. son article, Archivos, pp.1406 à 1418.

soyez assurés (p. 22) – « ils se donnent le merci » (p. 26) – « en plein mitan de la grand route » (p. 29) et « mitan de la nuit » (p. 53) – « un homme d'âge » (p. 33) – « un chien haïssable » (p. 82) – « ne muse pas trop en chemin » (p. 56) – « Ce grand matin » (p.1 64) – « Le sentier était assez roide » (p. 218).

* Des expressions d'insistance : « si tellement beaucoup » (p. 13) – « Tout mon corps me fait mal, tout mon corps accouche la misère, moi-même » (p. 14) – « Tu parles du temps longtemps » (p. 33, 39) – « Ce n'est pas si tellement le temps qui fait l'âge » (p. 39) – « Depuis ce jour d'aujourd'hui » (p. 41) – « C'était pour plus sûr les puces » (p. 53) – « Je t'ai cherché tout partout » (p. 89) – « Et puis tu auras son portrait tout de même que si elle était devant toi » (p. 112).

* Des idiomatismes : « l'eau coulait toujours de quoi pour le besoin et même assez pour un petit débordement » (p. 32) – « des bananes, des patates, des ignames en gaspillage » (p. 23) – « J'habite comme qui dirait porte à porte avec toi » (p. 35) – « Tu veux me moquer, hein » (p. 129) – « en obéissance de la coutume des honnêtes gens » (p. 145) – etc.

* Des différences avec le français standard :

Qualifiants : ennuyant, abusant, dents dessouchées, ébranché de ses bras, ruseuse, malédictionnée, mouvementé, scandaleuse, un nègre boissonnier, une chanson échauffante, regrettant, enfoudroyé, déraisonnable.

Verbes : fourgonner, dérespecter, bêtiser, se gourmer, rester, déparler, être placé, jouer à qui l'aura, concevoir, propreter un jardin, graffiner la figure, causer des paroles de rébellion, « en vérité, le bon Dieu l'a agrémentée de ses propres mains » (p. 164, appréciation de Délira à propos d'Annaïse), jouquer, sermenter, témoigner.

Substantifs : découragement, stridulement, macaqueries, salvation, insolenceté, salvation, mauvaisetés, souvenances, avalasse, natif-natal, proléteurs, un grand causer, nuisance, jeunesse, le serein du soir, le plaisant de l'ornement, contrariaison.

De façon presque constante, sauf pour « natif-natal », ces expressions sont placées dans la bouche d'un personnage : ce français « spécifique » est plus de leur fait, le narrateur utilisant un français plus normé. Deux exemples peuvent être soulignés de cette différence personnages/narrateur. Les premiers diront plutôt « icitte » alors que le narrateur dira « ici ». Lorsque Manuel meurt, son père apprend la nouvelle et le Simidor constate : « c'était un homme enfoudroyé » (p. 194), image que le narrateur reprend quelques pages plus loin (p. 215) : « Antoine avait raison, c'est un homme foudroyé ».

Le système de références culturelles

On ne peut réduire l'étude de la langue du roman à ces relevés, aussi suggestifs soient-ils. Car la langue que crée un écrivain est intimement liée aux langues qu'il maîtrise, à ses pratiques sociales et aux références conscientes ou assimilées qui permettent sa créativité langagière. Comme l'écrit Roger Fayolle, « tout texte porte en lui les marques des conditions socio-historiques qui ont présidé à sa production et à ses lectures.[123] »

Le système explicite

L'écrivain investit des formes plus traditionnelles de sa culture et les cite ou les reconfigure dans l'œuvre qu'il crée.[124]

123- Roger FAYOLLE, « Quelle sociocritique, pour quelle littérature ? » dans *Sociocritique*, Claude DUCHET (dir.), Paris, Nathan Université, 1979, p. 215.

124- E. GLISSANT, *Le Discours antillais*, Gallimard, 1981, p.313 : « Dans toute apparition d'un corpus littéraire national il y a intervention d'un ou plusieurs scripteurs qui rassemblent les textes oraux et travaillent à partir de ce matériel. Et, à partir d'un tel travail, la tradition d'écriture se

Inscription des ***devinettes*** lors de la veillée mortuaire de Manuel : « Il faut faire passer le temps dans les veillées. Les cartes, les cantiques, et le clairin ne suffisent pas. La nuit est longue » (p. 195). Aussi Antoine entre à nouveau en scène pour poser des devinettes aux plus jeunes qui lui en redemandent sitôt qu'une est finie (pp.196 et 197) : « C'est ainsi que la veillée se poursuit : entre les larmes et le rire. Tout comme la vie, compère : oui, tout juste comme la vie » (p. 197).

Les ***chants*** également sont cités : chant du coumbite d'antan dont Bienaimé se rappelle les paroles à l'ouverture du roman (pp. 18-19) ; chants de la cérémonie vodou (pp. 69 à 76). Le chant du coumbite final est plus évoqué que cité :

> « Le tambour exultait, ses battements précipités bourdonnaient dans la plaine et les hommes chantaient :
>
> "*Manuel Jean-Joseph, ho nègre vaillant, en-hého* !" » (p. 218)

et répond au vœu de Manuel mourant : « Et chantez mon deuil, chantez mon deuil avec un chant de coumbite » (p.183).

Outre la structure générale du roman, à grande proximité du conte et sur laquelle nous reviendrons dans le chapitre suivant et le transformation de la légende de la Maîtresse de l'eau, vue au chapitre 2, en histoire du Maître de l'eau, l'insertion d'une quatrième forme littéraire traditionnelle est à souligner : celle des ***proverbes.***

Au nombre de 12, ils jalonnent la narration et leur attribution énonciatrice est révélatrice.

PROVERBES	PAGES	ÉNONCIATEUR
1 – Avec les vieux bâtons on fait meilleure route	44	Antoine le Simidor

constitue et s'autonomise peu à peu par rapport aux sources orales ».

(à propos des femmes auxquelles il plaît encore)		
2 – *Pissé qui gaille pas cumin* En note : le pissat dispersé n'écume pas équivaut à : pierre qui roule n'amasse pas mousse. A propos de Manuel dont les nombreuses marches contredisent le proverbe	44	Antoine le Simidor
3 – Pour manger il faut s'asseoir à table (pour « bêtiser » avec Sor Mélie, il a fallu se marier)	48	Antoine le Simidor
4 – L'expérience est le bâton des aveugles	96	Manuel
5 – Les femmes c'est changeant comme le temps. Mais c'est un proverbe qui n'est pas vrai, parce que je voudrais bien, moi, qu'une bonne pluie tombe après toute cette sécheresse	113	Bienaimé
6 – Le cheval connaît la longueur de sa corde A propos de deux habitants quittant Fonds Rouge	115	Bienaimé
7 – Il vaut mieux être laid que mort, dit le proverbe	115	Antoine le Simidor
8 – Quand un homme	124	Style indirect : Bienaimé

commence à avoir du guignon, dit-on, même le lait caillé peut lui casser la tête		et le narrateur
9 – La menterie c'est comme de l'argent placé à intérêt. Faut que ça rapporte	152	Larivoire (le sage du clan ennemi)
10 – Le macaque ne trouve jamais que son petit est laid, soit dit sans te fâcher	155	Larivoire à Gervilen
11 – Alors l'autre, voyant son triomphe, s'était mise à l'embêter avec toutes sortes de proverbes, comme quoi les dents pourries n'ont de force que sur les bananes mûres, ce qui voulait dire qu'il ne la traitait ainsi que parce quelle était une femme faible et sans défense. (les femmes entreprennent de convaincre les maris)	159	Style indirect : la femme de Louisimé et le narrateur
12 – La mort fait son tri comme un aveugle choisit des mangos au marché : elle tâtonne jusqu'à trouver les bons et elle laisse les mauvais	192	Style indirect : Laurélien et le narrateur

On constate que les proverbes sont essentiellement répartis entre les trois « anciens » : Antoine le Simidor, Bienaimé et Larivoire. Manuel fait partie aussi de ces énonciateurs de proverbes ; il partage certaines des qualifications des trois anciens. Comme Antoine, il est sorti du village et a appris d'autres langues et langages ; comme Bienaimé, il « songe » ; enfin, comme Larivoire, il est sage. Toutefois, s'il est loquace comme Antoine, c'est pour construire du nouveau et non bavarder ou ressasser. S'il « songe », ce n'est pas pour se réfugier dans le passé mais pour imaginer l'avenir. Sa sagesse est effectivement proche de celle de Larivoire. En réalité, il est plus « inventeur » de formules à allure proverbiale que de proverbes attestés.

Ces proverbes ont deux fonctions différentes dans le discours du roman :

- la première fonction est négative. Antoine parle à tort et à travers. Il ne réfléchit pas ; il reproduit un savoir appris, il répète un langage conventionnel même quand il en souligne l'inexactitude (proverbe 2) et Bienaimé fait de même (proverbe 5). En plus de son aspect menteur, le proverbe est négatif car il donne une certaine sécurité et les aléas de la vie sont ainsi banalisés. Aussi, lorsqu'on abuse de ces formules toutes faites, on restreint le champ de l'expérience et on devient paresseux d'esprit. Ainsi, les « vieux », par les proverbes, banalisent toute innovation, nient une possible transformation du monde. Le père le dit bien au fils : « Ferme ta grande gueule, palabreur, rugit Bienaimé. Je ne veux plus t'entendre » (p. 142).

- la seconde fonction est positive et se manifeste dans l'usage que font des proverbes, Manuel, Larivoire, la femme de Louisimé, Laurélien. Ils savent s'introduire dans le langage commun que tous respectent pour éclairer le présent et dire leurs convictions, leurs inquiétudes et leurs révoltes.

Alors le proverbe apparaît, non plus comme la stagnation de la communauté dans un savoir fossilisé (et une certaine façon de faire tourner le discours à vide) mais comme une production langagière susceptible de transformation, d'enrichissement, comme le lieu d'une possible créativité.

Apparaissent ainsi dans le roman des énoncés qui ont la même structure, la même « ligne mélodique » avec schémas rhétorique et rythmique[125] que les proverbes mais qui ne sont pas attestés comme tels… et pour cause !

*« L'entraide, c'est l'amitié des malheureux, n'est-ce pas ? » (p. 17) : Bienaimé

« Tes paroles ressemblent à la vérité et la vérité est peut-être un péché ? » (p. 43) : Délira à Manuel

« Si le travail était une bonne chose, il y a longtemps que les riches l'auraient accaparé » (p. 49) : Antoine

« Les uns plantent, les autres récoltent » (p. 50) : Antoine

« La Providence, laisse-moi te dire, c'est le propre vouloir du nègre de ne pas accepter le malheur, de dompter chaque jour la mauvaise volonté de la terre, de soumettre le caprice de l'eau à ses besoins » (p. 54) : Manuel à Délira

« L'ignorance et le besoin marchent ensemble » (p. 60) : Laurélien Laurore

« L'expérience est le bâton des aveugles et j'ai appris que ce qui compte, puisque tu me le demandes, c'est la rébellion et la reconnaissance que l'homme est le boulanger de la vie » (p. 96) : Manuel.*

Nous avons ici des proverbes de demain forgés par des exploités en marche vers leur prise de conscience. Par eux, Roumain s'inscrit en contrepoint de la fameuse expression de Gorki qui dit que les proverbes sont « une muselière de l'âme.[126] »

Le système implicite

Avec cette dernière entrée pour l'étude de la langue littéraire de Roumain, on pénètre au cœur même de la fonction poétique du langage, la chambre noire où la langue

125- Expression empuntée à André JOLLES dans *Formes simples*, Paris, Le Seuil, 1972, p. 132.

126- Maxime GORKI, *La Mère*, rééd. Aux Editeurs français réunis, p. 117

de tous devient le style d'un seul, offert à tous. Nous privilégions ici un aspect de l'*elocutio*[127] : les figures de style et, plus particulièrement, le système de métaphorisation. Ces figures sont repérables à la lecture à partir d'une norme, le français institutionnel que Renée Balibar nomme le « français national », différent de l'univers de l'écrivain.

Une métaphorisation conventionnelle

L'écrivain ne crée pas sans cesse de nouvelles images. Il se conforme, pour un certain nombre d'emplois, à toute une tradition littéraire française et les métaphores et comparaisons ne le distinguent pas alors de n'importe quel écrivain français. Ces expressions si usées qu'elles sont devenues clichés ou stéréotypes langagiers, ne sont pas dominantes dans le roman de Roumain : elles apparaissent dans un flot d'autres images. Roumain ne privilégie pas métaphores ou comparaisons : chacune des catégories est au nombre de 150 environ et souvent se répondent l'une l'autre, s'entremêlent et s'accordent. Ainsi à la métaphore de Manuel « s'adossant aux ténèbres » (p. 50) répond la comparaison : « un morne, une sombre épaule contre le ciel » (p. 15).

Quelques exemples peuvent être donnés :

«* une seule masse de voix, p. 19 – le matin inondé de soleil, p. 20 – la pluie tombait en filets serrés, p. 28 – bavardage intarissable, p. 46 – le fruit de ses mains, p. 54 – la mort dans l'âme, p. 82 – on reste en rangs têtus sous l'orage, p. 99 – la faim lui creusait l'estomac, p. 110 – la vie était tarie à Fonds-Rouge, p. 126 – un concert d'aboiements, p. 168 – un couple de tourterelles s'envole avec un frémissement d'ailes effarouché, p.205.*

Moins conventionnels, mais faisant référence à des associations assez habituelles, réactualisées seulement dans la

127- « Choix et disposition des mots dans la phrase, effets de rythme et d'homophonie, figures », in préface de G. GENETTE, p. 7 à la réédition de FONTANIER, *Les figures du discours*, Flammarion, 1977.

« langue » du roman, sont les exemples suivants :

une nuit éternelle et sans mémoire, p. 28 – l'érosion a mis ses flancs à nu, p. 31 – une lumière éblouie se levait dans son âme, p. 36 - observant les habitants, Manuel « déchiffrant dans les rides de leurs visages l'écriture implacable de la misère », p. 46 – le bois transpirait, p. 67 – les battements d'ailes du vent, p. 68 – la terre gorgée de vie simple et féconde, p. 86 – la balance de la misère et de l'injustice, p. 100.

Quatre métaphores utilisent l'analogie commune : chemin/vie :

* tu as beau prendre des chemins de traverse, faire un long détour, la vie, c'est un retour continuel, p. 40 – ils sortiront du chemin de la misère, p. 70 - la vie suivait le même parcours, le même sillon, avec une indifférence cruelle, p. 77 – depuis le temps que nous marchons ensemble dans la vie et ça fait une longue route, p. 136.*

Une dernière métaphore enfin, très « style négritude » : « la pulsation magique des tambours au plus secret de son sang » (p. 71).

Une métaphorisation référant au réel haïtien

Ici, Roumain procède de deux manières.

La première technique est de réactualiser dans sa sphère de référence une expression connue en français :

* tu la regardais et un goût de piment te montait à la bouche, p. 47 – la gifle en pleine calebasse et Florentine, une ancienne « jeunesse » qu'Hilarion « avait ramassée dans la rigole », p.161.

On trouve encore Délira qui se colle à son garçon comme « une liane grimpante », p. 39. - Les muscles de Manuel « s'étiraient avec souplesse comme des lianes gonflées de sève », p. 62 – Quand l'eau est trouvée, « la nouvelle avait couru aussi vite qu'un feu de boucan », p. 147

– le Simidor évoquant une de ses conquêtes, « la diablesse aurait pu mettre le feu à un bénitier », p. 47 – Nérestan « s'assénait sur les cuisses des tapes à écrabouiller la tête d'un chrétien », p. 171.*

La seconde technique est plus élaborée car elle donne à lire non des « calques » - intéressants déjà dans la mesure où ils traduisent une inadéquation pour Haïti d'expressions usuelles dans la culture française – mais des « originaux » produits en fonction des référents du pays :

*une huile de lumière, un madras de nuages soufrés, p. 17 – les ailes nouées d'un mouchoir blanc, p. 32 – le chaume fripé des cases, p. 34 – Délira supplie qu'on la laisse accompagner son garçon « dans la grande savane de la mort », p. 204 – auparavant pour évoquer la lutte des paysans, Manuel dit : « ce pays est le partage des hommes noirs et toutes les fois qu'on a essayé de nous l'enlever, nous avons sarclé l'injustice à coups de machette », p. 79.

On peut noter aussi : la colline arrondie est semblable à une tête de négresse aux cheveux en grains de poivre, p. 15 – des yeux avec des cils de soie et longs comme des roseaux, p. 47 – les mains de Gervilen : « des feuilles de cactus épaisses et luisantes comme la peau des caïmans », p. 61 – le Simidor hérissé de malice comme un cactus de piquants, p. 73 – plein de clairin comme une dame-jeanne, p. 144 – les ailes du coq sont « couleur de cannelle », p. 153 – Annaïse ressemble à une reine de Guinée, p. 166 – nous avons beau prié nous autres pauvres nègres tu nous foules comme le petit-mil sous le pilon, p. 187.*

Les équivalences symboliques

Ce nouveau degré d'étude des figures permet de cerner le style qu'Henri Mitterand définit ainsi : « le style ne peut être défini comme résultant de la recherche des mots rares [...] mais comme l'invention de réseaux connotatifs originaux, qui peuvent bien relier les uns aux autres des mots banals, mais qui donnent à l'œuvre ces sur-significations dont elle tire sa pertinence.[128] »

Nombreuses sont les métaphores et les comparaisons qui humanisent les éléments naturels ou les animalisent et celles qui naturalisent les humains : véritable interpénétration de l'homme et de la nature, l'un a « les dents dessouchées », l'autre est « ébranché de ses bras » et les paupières des femmes sont « fanées ». A Cuba, Manuel était « comme une souche arrachée » et il est « un habitant jusqu'à la racine de l'âme ». Sous la matraque des Gardes ruraux, il songeait : « Si tu tombes, tu seras semé pour une récolte invincible », p. 40.

Quel plus bel exemple de cette interpénétration que le moment où Manuel reconnaît sa terre :

> « Si l'on est d'un pays, si l'on y est né, comme qui dirait : natif-natal, eh bien, on l'a dans les yeux, la peau, les mains avec la chevelure de ses arbres, la chair de sa terre, les os de ses pierres, le sang de ses rivières, son ciel, sa saveur, ses hommes et ses femmes : c'est une présence, dans le cœur, ineffaçable, comme une fille qu'on aime : on connaît : la source de son regard, le fruit de sa bouche, les collines de ses seins, ses mains qui se défendent et qui se rendent, ses genoux sans mystère, sa force et sa faiblesse, sa voix et son silence » (p.30)

D'autres exemples peuvent encore être relevés : * la plainte des plantes, p. 150 – le soleil raclait le dos écorché du morne avec des ongles étincelants, p. 60 – l'œil rouge et vigilant du soleil*.

L'essentiel est de voir dans la langue même que tout tourne autour de l'idée centrale du roman, la nature et l'homme, la vie et la mort. Du même coup la métaphore du titre que nous avons étudiée dans le chapitre 2 prend encore plus de force : « nous ferons l'assemblée générale des gouverneurs de la rosée, le grand coumbite des travailleurs de la terre pour défricher la misère et planter la vie nouvelle. »

128- H. MITTERAND, « Corrélations lexicales et organisation du récit : le vocabulaire du visage dans *Thérèse Raquin* », *Linguistique et Littérature*, Colloque de Cluny, *La Nouvelle Critique*, 1968, p. 21.

Si *Gouverneurs de la rosée* est un roman haïtien au sens profond du terme, c'est grâce à l'ancrage du texte dans la réalité du pays à travers toutes les manifestations textuelles que nous avons étudiées, l'analyse obligeant à les énumérer alors que la lecture les conjoint et nous emporte dans la beauté de toutes ces trouvailles stylistiques[129]. Langue et culture créoles sont non seulement citées mais intégrées à la texture même de l'œuvre. A partir d'un référent s'élabore, par la métaphorisation symbolique portée par tous les autres apports que nous venons d'étudier, le style de l'œuvre. Comme l'écrit Roland Barthes :

> « La langue est en deçà de la littérature. Le style est presque au-delà : des images, un débit, un lexique naissent du corps et du passé de l'écrivain et deviennent peu à peu les automatismes mêmes de son art. Ainsi sous le nom de style, se forme un langage autarcique qui ne plonge que dans la mythologie personnelle et secrète de l'auteur, dans cette hypophysique de la parole, où se forme le premier couple des mots et des choses, où s'installent une fois pour toutes les grands thèmes verbaux de son existence. [130]»

L'étude de la langue si riche et inventive de *Gouverneurs de la rosée* ouvre à la compréhension du travail des écrivains francophones – qui nécessairement écrivent « en présence » d'autres langues –, car Jacques Roumain en a joué toutes les gammes. Elle fait comprendre ce qu'est une langue

129- Jean-Claude FIGNOLÉ, *Sur* Gouverneurs de la rosée *de Jacques Roumain : hypothèse de travail dans une perspective spiraliste*, Port-au-Prince, éd. Fardin, 1974, 89 p. Archivos, pp. 1519-1531. Il procède à une exécution en règle du roman « […] une idéologie révolutionnaire enfermée dans ses limites, et qui engage le projet de l'auteur dans une critique sociale généreuse mais stérile parce que prise dans les remous d'une idéologie bourgeoise réfractaire » mais reconnaît, dans la dernière note de son article : « La beauté du roman tient aussi à d'autres choses, en particulier à son langage si coloré, si poétique qui, en donnant une expression littéraire à un créole francisé, constitue une expérience unique dans la littérature haïtienne. », p. 1530.

130- R. BARTHES, *Le Degré zéro de l'écriture*, Paris, Le seuil, collection Pierres Vives, 1963 ; rééd. Points, 1972, p. 12.

polyphonique au carrefour des acquis et des imaginaires, des dominations et des résistances, des convictions qui donnent chair à l'entreprise littéraire. Sans doute tout écrivain n'est-il pas aussi apte que celui que nous étudions à jouer avec les langues. Les connaissances en langues de Roumain ont été un atout et ont ouvert son inventivité. Comme le remarque Alrich Nicolas son « intérêt pour les langues étrangères constitue un élément central de sa démarche esthétique [...] Roumain pratique un nomadisme intellectuel, nullement en contradiction avec sa volonté de contribuer à l'éclosion d'une littérature haïtienne enfin libérée de l'imitation de la rhétorique académique française. [131]»

Notre étude doit être complétée par la lecture d'autres études de critiques prestigieux, reproduits ou donnés dans/pour *Œuvres complètes* de Jacques Roumain. Nous en retenons certains éléments sans prétendre en rendre compte exhaustivement.

Dès 1976, Léon-François Hoffmann publiait, « Langages et rhétorique dans *Gouverneurs de la rosée* »[132]. Son apport essentiel dans la connaissance de Jacques Roumain et de la littérature haïtienne n'est plus à démontrer et on peut dire qu'il initie toute une série d'études de la langue du roman.

En 1978, Antoine G. Petit, dans « Richesse lexicale d'un roman haïtien »[133], se propose d'étudier « les correspondances sémantiques entre le français parisien (ou français normal) et le créole d'Haïti à l'aide d'une seule occurrence extraite du roman » de Roumain. L'aspect le plus intéressant de l'étude est le relevé systématique et les

131- Alrich NICOLAS, « Jacques Roumain et l'Allemagne », Archivos, p.1316.

132- L-F. HOFFMANN, « Langage et rhétorique dans *Gouverneurs de la rosée* », *Présence Africaine*, n°98, Paris, 2ème trimestre 1976, pp. 145-161.

133- Antoine G. PETIT, « Richesse lexicale d'un roman haïtien », Archivos, pp. 1539-1561. Publié en plaquette, sans date, ni nom du lieu ou d'éditeur ; probablement Montréal, 1978.

commentaires des mots « nègre » et « négresse » dans le roman et dans la pratique en Haïti, ce qui conduit à une prise en charge des différences faites entre les genres féminin et masculin et leurs conséquences. Il propose également des « occurrences créolisantes classées par thèmes » qui peuvent compléter nos propres relevés.

La même année, le linguiste Jean Bernabé, dans « Contribution à l'étude de la diglossie littéraire créole-français : le cas de *Gouverneurs de la rosée* »[134], consacre une grande partie de son article à des précisions théoriques et méthodologiques comme « bilinguisme et diglossie », « bref aperçu du schéma sociolinguistique de la diglossie français-créole », « espace littéraire et espace social » pour aborder ensuite le roman. Il écrit, ce qui éclaire les remarques que nous avons faites précédemment :

> « Il n'y a pas de doute que sa langue de communication [Manuel] avec les habitants de Fonds-Rouge soit (mises à part certaines phrases en espagnol) la langue de ses pères, à savoir le créole. Le français utilisé par le héros dans l'espace littéraire de la narration est un artifice et une fiction. Il s'agit en fait d'une *procuration.* [...] Le créole est véritablement la langue refoulée du texte. Mais l'agent de ce refoulement est, comme on le verra, non pas le romancier mais l'Histoire. Le drame de Roumain résulte de ce que le créole n'est pas habilité à fonctionner, au moment où il écrit, comme langue du roman.[135] »

La conclusion de cet article est lumineuse dans cette mise à jour du processus de procuration et d'un début de levée d'invisibilité pour le créole qu'avance ce texte précurseur. Sur la tombe de Manuel, Antoine écrit, « d'une écriture appliquée et maladroite » :

« CI-GÎT MANUEL JAN-JOSEF » (p.207).

Jean Bernabé voit dans ce « discours » « une fulgurante *épiphanie* » :

-134 Jean BERNABÉ, « Contribution à l'étude de la diglossie littéraire créole-français : le cas de *Gouverneurs de la rosée* », *Textes, études et documents*, n°1, Fort-de-France, Martinique, mai 1978, pp. 1-16. Archivos, pp. 1561 à 1575.

135- J. BERNABÉ, Archivos, p. 1572.

« Ici, pour la première fois, la graphie tend à se dégager de l'emprise de l'orthographie française, laquelle imprime sa marque même aux énoncés créoles [...] Pour la première fois, le héros réintègre, sous les espèces symboliques, l'autonomie de son nom. Il cesse à jamais d'être Manuel Jean Joseph pour devenir Manuel *Jan Josef.* [...] En ce sens, une œuvre comme *Gouverneurs de la rosée* prépare et annonce, telle une préface, une littérature originale de langue créole, jaillie de la terre des ancêtres. Entendons : du sol même de la culture paysanne.[136] »

En 1981, c'est Maximilien Laroche qui consacre un article à ce sujet, « la diglossie dans *Gouverneurs de la rosée* : termes de couleur et conflit de langues ».[137] Comme l'indique le titre, il s'intéresse surtout aux termes de couleur mais l'article lui-même est introduit par une mise au point sur la littérature haïtienne antérieure à Roumain pour montrer combien elle est tributaire du français de France et comment elle cherche à s'en émanciper par différentes voies :

> « Ecrivain d'un pays dont la langue officielle (dominante) est le français mais dont la langue courante (dominée) est le créole, [Roumain] s'insère dans le cadre de l'énonciation du discours dominant pour ensuite essayer d'y faire entendre le discours dominé haïtien.[138] »

Enfin, on peut lire un article ample et synthétique écrit pour les *Œuvres complètes*, en 2004, de Alessandro Costantini, « La langue polyphonique de Jacques Roumain »[139], dont le corpus est l'ensemble de l'œuvre de Jacques Roumain et pas seulement *Gouverneurs de la rosée.*

Au terme de ce chapitre, notre question est la

136- Ibid, p.1575.

137- Maximilien LAROCHE, « la diglossie dans *Gouverneurs de la rosée* : termes de couleur et conflit de langues » dans Littérature haïtienne, Montréal, P. Q., Leméac, 1081, pp. 57-104. Archivos, pp. 1582-1612.

138- Ibid., p. 1596.

139- Alessandro COSTANTINI, « La langue polyphonique de Jacques Roumain », Archivos, pp. 1429-1467.

suivante : si l'expérience linguistique de *Gouverneurs de la rosée* ne peut être niée et sa réussite reconnue par tous, est-il juste de la classer au rang des curiosités historiques du passé, comme une étape, certes prestigieuse, mais qui ne peut ni se reproduire ni se poursuivre. C'est ce que semblent dire, dans leur « traversée littéraire », L-P. Dalembert et L. Trouillot : « l'écrivain haïtien d'aujourd'hui pouvant écrire et être lu dans les deux langues n'a plus vraiment besoin d'avoir recours à ces artefacts. Son rapport à la langue française s'en trouve même "allégé". [140]»

Jacques Roumain, comme l'écrivain d'aujourd'hui dont ils évoquent les interrogations, s'est demandé, lui aussi, comment exprimer au mieux ses obsessions et sa sensibilité, quelle « passerelle » linguistique forger pour atteindre les lecteurs ici et ailleurs. Il s'est déjà posé « les bonnes questions : comment atteindre ma langue à moi, ou plutôt mon propre langage dans la langue ? » C'est pour cela qu'il continue à toucher tant de lecteurs par cette histoire dans sa propre langue littéraire qu'il a créée.

140- *Haïti – Une traversée littéraire*, op. cit., voir les pages 49 à 54.

Chapitre 4
UNE FICTION, SES PERSONNAGES, SES PROLONGEMENTS LITTÉRAIRES

> « Sentimentalement, j'ai eu peut-être tort de commencer cette nouvelle dont je te parlais. Au fur et à mesure que je décris nos paysages, nos paysans, cette vie, ce pays et ces gens que j'aime, un terrible mal du pays s'empare de moi, associé à l'amertume de notre séparation » (New York, 21 février 1940).
>
> Quelques jours plus tard :
>
> « J'ai commencé une longue nouvelle, un récit paysan ; je ne sais pas encore ce que cela donnera [...] Mais jusqu'à maintenant, je ne suis pas trop fâché du résultat. » (28 février 1940).[141]

On qualifie habituellement *Gouverneurs de la rosée* de roman réaliste à cause d'une part de sa facture d'ensemble classique, organisée autour de personnages qui lui donnent son attrait et ses traits essentiels et d'autre part du choix d'une narration chronologique avec justification des décrochages temporels, flash-back (analepses) ou annonces (prolepses) guidant avec sûreté le lecteur. Des forces adjuvantes ou antagonistes soutiennent ou entravent le protagoniste qui engage une quête qu'il mènera à son terme.

Plutôt que de reprendre une étude fastidieuse, car déjà largement publiée, de la facture de ce récit avec sa structure, ses personnages, son traitement du temps et de l'espace et sa réussite qui tient à son caractère concerté à tous les niveaux

141- « Lettres à Nicole », Archivos, op. cit., pp. 867-869.

et à son homogénéité autour d'un protagoniste charismatique, il nous a semblé plus productif de donner une lecture des éléments essentiels qui se combinent autour des personnages puis, pour mettre en valeur sa capacité à toucher et à faire réfléchir, de choisir quatre romans qui ont dialogué avec *Gouverneurs de la rosée* et donc avec les formes et les thèmes de la création, dans la seconde moitié du XXe siècle : ceux de Jacques Stephen Alexis, Sembène Ousmane, René Depestre et Edwidge Danticat.[142]

Récit concerté, récit universel

Un résumé de l'intrigue met en place les différents personnages qui gravitent autour d'un acteur principal, Manuel, fils de Bienaimé et de Délira.

Parti quinze années auparavant pour couper la canne à sucre à Cuba, Manuel revient à Fonds-Rouge, son village natal, où il ne trouve que sécheresse et désolation. Les sources sont taries et le village se meurt lentement. Mais il découvre aussi qu'un autre mal mine la communauté villageoise : les rivalités de famille qui la coupent en deux blocs ennemis.

Le roman raconte la lutte de Manuel contre ces deux maux destructeurs. Amoureux d'une jeune fille du clan ennemi, Annaïse, il la rend complice de son combat. Une fois l'eau découverte, il n'accepte de révéler où elle se cache que si elle est partagée par tous, que si s'opère la réconciliation. Il est blessé à mort par son rival amoureux et ennemi de clan, Gervilen. Avant de mourir, il fait promettre à sa mère de cacher la cause de sa mort pour que la solidarité renaisse. Le coumbite (travail d'entraide entre les paysans) peut avoir lieu grâce au sacrifice de Manuel. Annaïse,

142- D'autres exemples pourraient être étudiés comme celui, signalé par Martine Job-Mathieu, de Marcel CABON, *Namasté* (1965), rééd., Port-Louis, éd. de l'Océan indien, 1981. Ecrivain mauricien.

enceinte, est le symbole de l'avenir où naîtront de nouveaux Manuel.

Ce roman raconte une histoire forte et simple, comme une épure, mémorisable comme un mythe du présent de l'humanité, ancré dans la terre d'Haïti. Sa concentration et sa brièveté – à sa femme, Jacques Roumain parle de « nouvelle » – sont ses forces.[143]

Ce roman commence et se clôt par des séquences parallèles, contraires et complémentaires : dans la séquence d'ouverture, Bienaimé s'évade de la misère et de la sécheresse de présent en songeant au coumbite d'antan ; dans la séquence finale, la sécheresse est sur le point d'être vaincue, dans le coumbite en train de s'accomplir, pour conduire l'eau jusqu'au village : tous les habitants vont la partager. Tout cela a été rendu possible grâce à la lutte tenace de Manuel qui a échangé la nostalgie et l'impuissance contre l'affrontement du présent et l'action. En tant que personnage, Manuel est absent de ces deux séquences mais cette absence est présence car il est un véritable symbole : Manuel espéré au début, Manuel réalisé à la fin, c'est toute la distance qui conduit Fonds-Rouge, d'une histoire subie à une histoire assumée.

Ce protagoniste est donc bien plus un emblème qu'un personnage au sens classique du terme. Il n'a pas une psychologie très fouillée comme aucun des personnages d'ailleurs car ce n'est pas le but de l'écriture. Le but est de montrer une communauté détruite et reconstruite et de créer, sous la forme accessible et poignante d'une belle histoire humaine, une fable qui fonctionne comme un conte

---

143- Sans doute par tempérament, largement confirmé par une vie mouvementée, mais donc aussi par choix, on peut constater que ROUMAIN n'est pas un écrivain de la longueur narrative. Quel que soit son registre, la brièveté est privilégiée : elle demande des choix sévères pour que la concentration ne soit pas schématisme mais focalisation sur l'essentiel. Cette brièveté efficace, on la retrouve aussi dans ses articles, poèmes, nouvelles, contes. Ses romans sont ramassés, courts.

d'avertissement et d'espoir ; l'absence de rebondissements narratifs, de longues descriptions, de rappels fouillés de la vie antérieure des personnages, est bien celle de la nouvelle ou du conte. Le protagoniste a autour de lui des personnages-satellites que l'on peut regrouper selon ses sphères de vie et d'action. Le premier « cercle » où l'on va appréhender ce personnage d'emblée présenté comme exceptionnel par sa jeunesse, sa solidité, sa prestance, est celui de sa famille, réduite au couple parental fort de ses différences : tout en complicité avec la mère, Délira, tout en bougonnement et irritation du côté du père, Bienaimé. Ces relations annoncent la difficulté pour le second d'accepter le changement alors que la première, par amour maternel, en sera un des vecteurs privilégiés. Ce n'est pas déplaisant, même si leurs rôles restent assez normés, que la mère et Annaïse – donc l'axe du féminin –, soient porteuses d'ouverture et d'acceptation du changement.

Ce cercle comprend en son sein un « sous-cercle », les autres habitants du clan de Manuel avec des degrés de visibilité pour Laurélien Laurore, l'ami de jeunesse devenu un inconditionnel car, malgré son manque d'instruction, il a soif de nouveau et pour Antoine le Simidor qui représente la classe des anciens sur un mode totalement différent de celui du père. Il est aussi fait allusion aux disparus, à d'autres habitants, le romancier créant ainsi autour de Manuel un environnement sur ses gardes, prêt à admirer mais aussi prêt à médire.

Dès le début du récit s'ouvre aussi l'autre « cercle », celui du clan ennemi. Le romancier choisit de le représenter par son versant lumineux puisque Manuel a, le pied à peine posé dans son lieu retrouvé, rencontré Annaïse en une scène de coup de foudre tout en demi-teintes programmant les liens à approfondir pour que les deux clans se réunissent. Mais le clan ennemi ne peut se réduire au personnage féminin, déjà prêt à rendre les armes : Gervilen intervient pour montrer l'aspect le plus violent de la discorde à travers la rivalité amoureuse. Quand l'eau sera trouvée et Manuel assassiné, la voix de Délira saura imposer, grâce à Larivoire, le sage de l'autre cercle, la voix de la raison, celle de la réconciliation. Il reste une autre sphère avec laquelle Manuel n'entretient que des rapports conflictuels, c'est celle d'Hilarion, représentant du pouvoir politique et économique.

Ainsi, au terme d'une première quête qui s'est soldée par un échec – quinze années de vie à Cuba dont le « profit » a à peine permis de couvrir les frais de la cérémonie vaudoue –, Manuel rachète cet échec par une nouvelle quête chez lui mais avec le savoir acquis ailleurs : trouver l'eau et rétablir la solidarité. Cette quête, comme celle de tout roman classique à fin « heureuse », est entravée par des obstacles qui, progressivement sont éliminés par le « héros » et celles et ceux qui l'aident. Roman « christique » a-t-on assez répété et écrit, oui si le Christ est le seul modèle de don de soi pour une collectivité. Il est certain que cette référence à la culture chrétienne correspond aux références culturelles engrangées par Roumain : il reprend cette référence du Christ en la vidant de tout espoir dans l'au-delà mais en insistant sur le mieux-être à obtenir ici et maintenant[144]. Il prend dans d'autres éléments de ses acquis culturels, bien ancrés chez le paysan haïtien, ce dont il a été nourri, pour le détourner, pour donner une autre charge de signification à ses "emprunts".

Dans ses réécritures, le personnage de Manuel n'aura plus ce profil tout en positivité, sauf dans le roman de Sembène Ousmane, mais la soif de justice, de solidarité et de

---

144- Cf. son poème « Nouveau sermon nègre », Archivos, pp. 68-69 qui est une réécriture affichée de cette culture religieuse.
Cf. Michel SERRES, « Christ noir », *Critique*, 39ème année, n°308, Paris, Janvier 1973, pp.3 à 25 - *Hermès III. La traduction*, Paris, éd. de Minuit, 1974 : ch. IV, « Roumain et Faulkner traduisent l'écriture », pp. 245 à 268. Daniel DELAS, « Messianisme et créolité dans *Gouverneurs de la rosée* – Etude stylistique du début du roman », *Notre Librairie*, n°133, janvier-avril 1998, pp. 116 à 122. Jacques ANDRE, « Pastorale haïtienne » dans *Caraïbales, études sur la littérature antillaise*, Paris, éd. caribéennes, 1981, pp. 19 à 52.

reprise en mains de leur destin par les dominés demeure l'enjeu de romans qui vont « lire » Roumain à partir des yeux de leur époque, le citer en hommage et offrir leurs créations originales dans les champs littéraires, haïtien et universel, en écho à l'oraison funèbre de Laurélien Laurore :

> « Et te voilà mort maintenant, chef, mort et enterré. Mais tes paroles, nous ne les oublierons pas et si un jour sur le chemin de cette dure existence la fatigue nous tente avec des : à quoi bon ? et des : c'est pas la peine, nous entendrons ta voix et nous reprendrons courage » (p.206).

Les deux Jacques : *Compère Général Soleil* de Jacques-Stephen Alexis (1955)

Onze ans après *Gouverneurs de la rosée* paraît le premier roman de Jacques Stephen Alexis,[145] *Compère Général Soleil* en 1955. La naissance d'un nouveau romancier majeur est immédiatement perçue par la critique et l'hommage qu'il rend à Jacques Roumain tout à fait reconnu. Nous nous proposons donc de reconstituer cet hommage dans le texte pour apprécier ensuite, à sa mesure textuelle, filiation ou plutôt fraternité entre les deux écrivains.

Jacques Roumain alias Pierre Roumel

La critique a souvent mentionné l'hommage direct qu'est l'introduction dans le texte dans le chapitre II de la Ière partie, du personnage de l'opposant politique, Pierre Roumel.

Hilarion – qui a été mis en prison pour vol dans la fameuse prison de Fort-Dimanche –, entend un prisonnier protester et savoure cette protestation :

« Des voix arrivaient par la cloison, Hilarion dressa l'oreille.

- Je vous répète que je ne répondrai pas à vos questions. Vous

145- Né le 22 avril 1922 à Gonaïves, d'une famille qui compte beaucoup de personnages historiques prestigieux. Son père était un écrivain en vue d'Haïti et écrivit une présentation très élogieuse du roman de Roumain. Il collabore à différentes revues et fonde, avec René Depestre *La Ruche*. Son premier roman est une révélation, confirmée par les deux autres qui suivront puis par un recueil de nouvelles. En 1961, « en compagnie de quatre compagnons, Charles Adrien-Georges, Guy Béliard, Hubert Dupuis-Nouillé et Max Monroe, il débarque sur la plage de Bombardopolis, avec probablement pour objectif de rallier le hounfort dédié aux loas racines des Alexis, Souvenance. Sans doute trahis, les membres de l'expédition furent arrêtés, torturés, exécutés. La mort de Jacques-Stephen Alexis n'a jamais été officiellement reconnue. » (Yves CHEMLA, site ile. En.ile). Cf. Elisabeth MUDIMBE-BOYI, *L'oeuvre romanesque de Jacques-Stephen Alexis, une écriture poétique, un engagement politique*. Montréal, Humanitas, 1992.

n'avez aucune qualité pour m'interroger ! J'ai été arrêté sans mandat. Vous avez procédé comme des gangsters. Je ne répondrai pas aux fripouilles que vous êtes ! Je répondrai de mes actes devant les autorités légales, devant personne d'autre, personne… » (p. 41)

Un peu plus tard, il reconnaît dans le protestataire Pierre Roumel, fils de famille : les Roumel étaient les voisins des Sigord, chez qui la mère d'Hilarion, trop pauvre, avait placé son fils.[146] Il se rappelle des grèves contre les Américains et du rôle qu'y a joué ce Pierre Roumel :

> « Pierre Roumel avait été un des chefs de la grève. Pourquoi ce Pierre Roumel ne restait-il pas tranquille ? Il avait pourtant de l'argent, et n'était pas à l'affût d'une place comme tant d'autres. Aujourd'hui Pierre Roumel était en prison, avec Hilarion, le voleur ! […]
>
> Ils lui étaient tous étrangers, et Pierre Roumel et les autres. C'étaient de grands mulâtres, eux ! » (p. 44)

Quand Pierre Roumel tente d'entrer en contact avec lui, Hilarion est plus que méfiant car il sait qu'il ne peut que s'attirer des ennuis à s'afficher avec lui. Néanmoins, l'homme exerce sur lui une sorte de fascination :

> « Qu'est-ce qu'il pouvait chercher ? Et Hilarion évoqua ce visage brun comme un pruneau, ces yeux brillants, la bouche mobile […] D'autres fois, il entendait sa voix claire déclamer en des tas de langues qu'il ne comprenait pas » (p. 45).

Après sa crise d'épilepsie, Hilarion est mis en quarantaine mais Roumel cherche toujours à lui parler : « une inexplicable sympathie le poussait vers ce jeune homme mince, armé d'un sourire désarmant » (p. 49) et lorsque Roumel lui demande d'où il le connaît, il le met sur la voie et celui-ci le resitue : « Tu sais, je t'aiderai quand tu sortiras, tu verras. Je te trouverai du travail. Tu travailleras, Hilarion, aie confiance en toi. Tu t'en sortiras, aie confiance ! » (p. 50)

Ces paroles font l'effet d'un miracle. Hilarion reste « interdit » :

> « Il y a des paroles simples qui ont une immense résonance. Des paroles qui se répercutent en écho et qui reviennent plusieurs fois, de

146- Les « restavek » comme on les appelle en Haïti.

plusieurs côtés, comme dans les gorges des hautes montagnes. [...] "Aie confiance en toi." Il avait une chaleur vive au creux de la poitrine, tout bas, il répétait ces mots. Le petit sachet de reliques vaudoues qu'il portait sur sa poitrine depuis un temps immémorial, cadeau de sa mère, ne lui avait jamais donné autant de forces » (p. 50).[147]

Cette promesse qui forme le début du contrat permettant à Hilarion de sortir du gouffre où la misère et sa maladie l'ont entraîné, enclenche une nuit de rêves le faisant remonter dans son enfance pour se retrouver, au matin, « dans le cauchemar du réel. » Et à nouveau, la narration, en complicité avec le personnage, revient sur l'inouï des mots de Roumel. Et, bien entendu, pour le sujet qui nous retient, c'est un hommage appuyé au combat de Roumain :

« Voilà qu'un type était venu, un mulâtre, un grand nègre, de ces gens qui parlent bon français, de ces gens qui ne connaissent pas la misère dans leur chair. Il était venu lui parler, descendant de son rang, oublieux de sa situation, s'occupant, pour je ne sais quelle raison, de nègres aux pieds sales, sans aveux, de voleurs ! Il était en prison avec eux, c'est vrai, mais il avait toujours eu le diable au corps. Il faisait de la politique non pour gagner de l'argent, mais pour se faire mettre en prison ! Il y a en vérité plus de mystères dans le cœur de l'homme que dans tous les secrets du vaudou...

De toute façon, il fallait avouer que ce drôle d'oiseau savait y faire ! Il lui avait dit : " Hilarion, aie confiance en toi..." Et depuis lors, lui, Hilarius Hilarion, il sentait quelque chose qui le brûlait là, dans sa poitrine, comme une bonne lampée de *clairin* » (p. 52).

« Riche de confiance nouvelle », Hilarion confirme l'honnêteté de Roumel quand celui-ci est mis au cachot ; lui-même est chargé par l'adjudant du nettoyage de ces lieux repoussants. Cette fois, Roumel ne peut guère parler que « d'une voix difficile, soufflante. » Il lui demande tout de même du feu pour ses cigarettes : « Ainsi Pierre Roumel, voilà comment on le traitait ! Pour qu'il en soit là, il fallait qu'il en ait des ennemis, qu'il en ait fait des choses ! Un homme comme ça, il ne fallait pas être bien avec lui » (p. 54)

147- Il n'est pas possible de citer entièrement les passages car le style d'Alexis est prolixe. Cette restriction est valable pour toutes les autres citations que nous avons réduites.

Néanmoins Hilarion lui rapporte du feu et cette fois :

« Pierre Roumel attendait. Il se redressa sur un coude. Le visage était boursouflé, l'œil gauche à demi fermé, barbouillé de mercurochrome ; sur le menton, un pansement. On lui avait bien arrangé le portrait » (p. 54).

L'adjudant met en garde Hilarion contre le prisonnier, lui demandant de jouer l'indic car c'est un homme dangereux « communisse »... Hilarion va donc demander à Pierre Roumel s'il est « communisse » et pourquoi. Celui-ci lui répond longuement, plus longuement que Manuel à ses amis de Fonds-Rouge mais dans le même esprit (cf. pp.68-69).

Ainsi ces deux chapitres (II et III) sur la prison montrent l'amorce du changement d'Hilarion et sont habités par la figure de Pierre Roumel qui ne reparaît plus dans le roman. Son nom seul est cité plusieurs fois. En donnant un mot à Hilarion pour sa mère, il a rempli sa promesse puisque celle-ci lui trouve du travail. Par ailleurs, il l'a mis sur la voie de l'engagement qui lui permet de rencontrer un médecin qui le sort de la fatalité de l'épilepsie et d'une alphabétisation qui le sort de son ignorance. Pour cet hommage, Alexis s'est sans doute souvenu de ses propres souvenirs puisqu'il connut Roumain en 1942. Mais il a pu aussi utiliser l'article « Jacques Roumain en prison » paru dans *L'Action, Journal de la masse, Organe de la Jeunesse Patriote Haïtienne*, le 2 juillet 1929148. En écho à ce portrait de Pierre Roumel, on peut citer quelques passages de la présentation que fit Alexis de l'écrivain pour l'édition de ses *Œuvres choisies* aux éd. de Moscou et éditées en 1964, « Jacques Roumain vivant »[149] :

« Parfois il arrive que la forêt se taise brusquement. C'est qu'un

148- Cf. texte dans Archivos, op. cit., p. 532. Description du cachot, des conditions immondes. Le détail des cigarettes. L'édition critique fait aussi mention d'un démenti de R. Dorsinville, en 1986 qui, s'appuyant sur Brierre, affirme que les mauvais traitements sont une légende fabriquée par Roumain.

149- Préface reproduite dans Archivos, op. cit., pp.1492 à 1498. Nous y reprenons quelques citations.

homme a fleuri à la basse branche d'un jeune tronc. Demain, il sera gouverneur de la rosée humaine. [...] Il devint " une rose de raison", une force impétueuse, redoutable, calme et contrôlée, une aile dans le vent. On peut dire que Jacques Roumain tranchait sur le milieu social dont il était issu, sur les " fantoches" qu'il n'a jamais cessé de dénoncer.

[...] Ce qui caractérisait ce jeune fauve aux yeux rêveurs, c'était le mépris absolu du danger, l'oubli de soi quand il s'agissait de la patrie et des impératifs nationaux, une violence raisonnée, une fermeté à toute épreuve. [...] Dans *Gouverneurs de la rosée* ce personnage de Manuel est un type unique dans notre milieu et dans notre romanesque. Toutes ses démarches : amour de la patrie, attaches vitales sont marquées au coin d'un amour de son village, amour de la terre, amour de la vie, amour filial exemplaire, amour non pareil pour son Annaïse [...] Jacques Roumain a écrit un livre qui est peut-être unique dans la littérature mondiale parce qu'il est sans réserve le livre de l'amour. »

L'héritage reçu et amplifié

Il est un autre roman qui est celui de l'amour dans toutes ses dimensions et c'est celui, précisément d'Alexis, *Compère Général Soleil*. Nombreuses sont les pages où, ici et là, le lecteur de Roumain sourit et se dit, « c'est du Roumain ». On ne peut tout citer mais on peut indiquer ces moments de connivence.

Ainsi de la terre haïtienne, dans sa beauté et sa désolation quand Hilarion va à Léogane à la demande de sa mère pour accomplir son « devoir » ; contentons-nous de quelques énoncés :

« On dirait qu'une terrible fatalité, une véritable *madichon* [malédiction] s'acharne sur la terre. [...] Ça se voyait qu'on avait déboisé les pentes et brûlé les arbres pour faire du charbon [...] Ici, c'est l'abomination de la désolation, la terre est morte, desséchée en poussière dans les canaux taris [...] il faut s'arrêter d'implorer, tonnerre de Dieu, il faut se révolter ! [...] C'est ça ! Le bon Dieu ! ils sont tous à supplier le bon Dieu et les saints [...] A la ville au moins, il y a quelques fous, ce Pierre Roumel, et puis ce blagueur de docteur Jean-Michel qui parlent de s'unir contre la misère » (pp. 110 à 112).

De nombreux parallèles pourraient aussi être notés entre les deux cérémonies vaudoues, celle du roman d'Alexis se déploie à partir de la p. 121. Harangue semblable faite d'irritation et de tendresse contre les « nègres » « cette drôle de race » (pp.133-134). On trouve aussi un Manuel vieilli en la personne de François Crispin qui revient de Cuba et de la République dominicaine, envoyé par l'oncle d'Hilarion, qui parle un baragouin et qui a une allure de « véritable *viejo* » (pp. 155-156). Il faut lire encore l'évocation du fleuve, l'Artibonite où le lyrisme épique d'Alexis donne sa pleine mesure, beaucoup plus luxuriant que la sobriété de Roumain mais dans une tonalité semblable (pp. 165 à 167). Le flux du fleuve entraîne le flux des légendes sur « la déesse du fleuve, la maîtresse de l'eau, l'indienne mordorée qui, les soirs de lune coiffe inlassablement l'immense soie noire de sa chevelure tumultueuse, avec des peignes de nacre, murmurant des chansons argentines, de véritables bulles de savon. »

Même technique que Roumain aussi pour inscrire au cœur du roman son titre en un passage époustouflant :

> « L'autre amoureux éperdu de la terre haïtienne, le général Soleil, fit une apparition brutale. Ecartant les buées roses du matin, soufflant avec sa bouche de forge, secouant sa crinière de flammes, le nègre de feu qui, sans cesse, voyage dans le ciel, commença à boire les eaux et déversa sa chaleur d'amour dans la plaine.
>
> La chaleur qui compense la méchanceté des hommes au pouvoir et leur haine du peuple, la chaleur, amie des pauvres nègres, s'étendit pesante, luisante sur les eaux. Le général Soleil, seul service d'hygiène des campagnes haïtiennes, attaquait les microbes, les miasmes et les flasques » (p. 171)

Ce passage prépare les dernières lignes émouvantes du roman, celles de l'agonie d'Hilarion saluant le général Soleil (p. 350).

On trouve encore en écho amplifié de Roumain, le coumbite (p.176), le télégueule (p. 179), le poing levé (p. 197), la huelga (pp. 198 et 271). Enfin, les premières lignes de l'arrivée d'Hilarion et Claire-Heureuse en République dominicaine sont aussi un hommage à Roumain :

> « A chaque pas on heurtait les longues feuilles de cannes à sucre, tendues en forme d'arceaux. La rosée coulait le long de la nervure centrale pour tomber sur leurs bustes nus. Au début, ça chatouillait, mais

très vite, on ne sentait plus la goutte de fraîcheur. Il faisait frais, mais ils étaient en sueur. Et la rosée se mêlait à la sueur. » (p. 259).

Gouverneurs de la rosée n'est pas la seule référence d'Alexis, on trouve aussi des échos des *Fantoches* dans le « poète collabo » des Américains, Jérôme Paturault (p. 183), des échos de *La Montagne ensorcelée* dans toutes les allusions accusatrices contre les Américains.

Les deux romans sont de la même veine. Mais l'un a concentré son propos sur une communauté paysanne presqu'en autarcie, symbolique d'un pays, quand l'autre joue à une autre échelle, passant d'un coin de campagne à la ville et de la ville à d'autres lieux d'Haïti et de la République dominicaine avec des allusions constantes à l'actualité. L'espace chez Roumain est volontairement imprécis, les références temporelles peu nombreuses : à l'inverse, chez Alexis, tout est précis et daté et il donne le premier roman qui évoque la répression de 1937 que Roumain avait dénoncé en son temps en tant que journaliste. D'autres événements politiques et d'autres personnages historiques sont cités. Tout a une autre amplitude : les commentaires de la narration, les luxuriances des descriptions, les rebondissements narratifs qui ne concernent pas seulement les protagonistes. *Compère Général Soleil* a une ampleur et une résonance que n'a pas *Gouverneurs de la rosée.* Il n'en reste pas moins que le roman paysan de l'aîné à profondément marqué l'écriture du plus jeune et ces citations sont un hommage appuyé qui vont inspirer encore l'intervention de 1956 à Paris et permettre la poursuite d'une aventure de création, elle aussi, trop tôt et trop injustement interrompue.

« Du réalisme merveilleux des Haïtiens » en 1956[150] : ce texte de Jacques Stephen Alexis présenté comme un des rares manifestes littéraires qui ait survécu à son auteur et

150- Jacques Stephen Alexis, « Du réalisme merveilleux des Haïtiens », *Présence Africaine*, n° spécial de 1956. Texte de la communication au premier Congrès international des écrivains et artistes noirs, Sorbonne, 19-22 septembre 1956.

dans lequel se sont reconnues au moins trois générations d'écrivains haïtiens, se comprend comme un approfondissement, en fonction de l'expérience haïtienne de ce « réalisme merveilleux » dont Alejo Carpentier avait parlé dans la préface de son roman *Le Royaume de ce monde* en 1949. La contradiction que conjoint le concept créé vient de la fusion entre le plus précis comme reproduction du réel en art et le plus inventif au niveau de la création face à ce réel. J-S. Alexis définit le merveilleux ainsi : « l'imagerie dans laquelle un peuple enveloppe son expérience, reflète sa conception du monde et de la vie, sa foi, son espérance, sa confiance en l'homme, en une grande justice, et l'explication qu'il trouve aux forces antagonistes du progrès. » Il précisera encore sa conception dans *Les arbres musiciens*[151] : « L'art haïtien [...] est celui des moments caractéristiques de la vie, mais il résume l'ensemble du réel. L'imagination y règne en maîtresse et y refait le monde à sa guise, cependant on n'y trouverait pas un seul élément gratuit, un seul détail qui n'ait sa réalité pratique sous-jacente, immédiatement intelligible pour la masse des hommes pour lesquels il existe. [152]» On peut penser que l'écriture de Roumain, et plus encore celle d'Alexis, inspirent une telle définition.

De Haïti au Sénégal : la collectivité paysanne - De *Gouverneurs de la rosée* à *Ô pays mon beau peuple* de Sembène Ousmane (1957)[153]

S'il fallait penser à *Gouverneurs de la rosée* chaque fois

151- Son second roman, Gallimard, 1957.
152- Cf. l'exposé sur le réalisme merveilleux dans L-P. DALEMBERT et L. TROUILLOT, *Haïti – Une traversée littéraire*, op. cit., pp. 60 à 66.
153- Second roman de Sembène Ousmane, Paris, Le Livre contemporain, Amiot-Dumont, 1957, rééd., Paris, Presses Pocket, 1975, notre édition de référence.

qu'un protagoniste se sacrifie pour sa communauté, on ne finirait pas de compter les épigones. Lorsqu'on s'engage dans la lecture du second roman du jeune romancier sénégalais[154] en 1957, *Ô pays mon beau peuple*, cette rencontre ne s'impose pas.

Toutefois dès la première page de la seconde partie au chapitre 1, le doute n'est plus permis pour le lecteur de Roumain : l'hymne à sa terre d'Oumar est exprimé dans les termes mêmes de Manuel. Oumar et Isabelle ont travaillé d'arrache-pied pour construire leur maison dans une clairière, avant que ne survienne la saison des pluies. L'énonciation narrative s'attarde alors longuement sur la nature et le bonheur profond qu'Oumar éprouve à s'y intégrer et à la contempler :

> « Ah, qu'il aimait la terre, cette terre, sa terre, comme il la chérissait ! Il en était jaloux. Il la comparait à une femme aimante, et aimée. Il faisait la chevelure de ses arbres ; la chair de sa terre ; les os de ses pierres ; des rivières, son sang et de ses sources, ses regards ; pour sa bouche : un fruit mûr ; pour les seins : les collines. Il imaginait des mains, des bras invisibles, qui se défendaient, se rendaient et se fermaient. La forêt était sa toison mystérieuse, ses genoux, sa force et sa faiblesse et pour voix elle avait le vent, le tonnerre ou le doux murmure de la nuit.
>
> C'était une bonne mère et une brave femme. Mais, par moments, elle se révolte, car elle aime la brutalité des coups répétés de la petite *konco* (houe).
>
> C'est ainsi qu'Oumar embrassait les prémices de la vie paysanne. Les jours, les semaines importaient peu à présent, les saisons seules

154- *N*é le 1er janvier 1923 à Ziguinchor, au sud du Sénégal. Décédé le 9 juin 2007 à Dakar. Passage au Studio Gorki (Moscou). Autodidacte. Romancier. Acteur. Producteur. Tour à tour pêcheur, maçon, mécanicien automobile, tirailleur sénégalais, docker puis responsable syndicale CGT à Marseille, il s'intéresse à la littérature africaine. Une passion qui le conduira à écrire des romans à partir de 1956. En 1959, il revient au Sénégal et fait le tour du continent africain. Dès 1962, il réalise des courts métrages. En 1966, son premier long métrage "La noire de"...le fait entrer dans la catégorie des réalisateurs politiquement et socialement engagés. Georges Sadoul écrit : "Grâce à Sembene Ousmane, le continent noir a pris enfin place dans l'histoire du cinéma mondial". (éléments biographiques pris dans *Africultures*)

devaient régler son existence. » (pp. 75-76)

Est-on en train de lire une simple citation hommage ou l'inspiration par le roman de Roumain est-elle plus appuyée ? Mise en alerte, notre lecture se fait plus attentive. Elle trouve un nouvel indice de la rencontre des deux romans dans la description du lac, lorsqu'Oumar et Itylima se rendent au village natal de cette dernière, avec l'évocation de l'imprévisibilité de l'eau :

« A première vue, on prenait cette eau pour une nappe solide, endormie et inoffensive. On aurait même pu croire que, selon la légende, un enfant serait en mesure de la traverser en rampant sans se mouiller les genoux. Mais il suffisait d'une averse pour remplir son lit et le faire se déverser dans la plaine. Alors l'eau bouillonnait, creusant la terre avec tumulte, charriant la boue jaune, bousculant les troncs trop audacieux dressés sur son passage, les renversant et les emportant. Malgré cette tranquillité sommeillante, les personnes âgées évitaient ce lac. » (p. 102)

Un peu plus loin, dans un monologue intérieur incrusté dans la voix de la narration,[155] Oumar célèbre le labeur paysan : page essentielle puisque s'y inscrit le titre même, premiers mots du roman, page essentielle pour la lecture intertextuelle puis qu'elle contient le même amour du travail de la terre que dans les pensées prêtées à Manuel :

« La vie de cultivateur n'est pas de tout repos : semer, sarcler, lutter, puis attendre la récolte. Mais lorsqu'il a la joie de voir son travail achevé, son champ mûrir sous ses yeux, sa semence se dresser devant lui, caressée par le vent ou couchée sous la rosée, au moment où la nuit restitue les formes à la réalité, où l'on voit au loin vers le rouge saignant de l'horizon s'élever une chaleur bleuâtre et que les oiseaux incisent l'air de leurs ailes, on oublie alors sa fatigue ; on regrette de n'avoir pas donné davantage de sa force, et l'orgueil et la joie vous pénètrent le cœur. Oui la vie, cette vie de laboureur, est une belle vie.

"O mon pays, mon beau peuple ! ", chantait Oumar en foulant le sol.

Il se promenait seul à travers champs, rêvant qui sait à quoi ? Il s'arrêtait devant une plante d'arachide pour en redresser les feuilles, libérait une mouche prise par une araignée, évitait de piétiner un scarabée, plus loin il séparait deux tiges de mil, étayait une hampe de maïs trop lourde. Seul devant son peuple qu'il voyait en imagination, aidé

155- Marquant un lien étroit entre narrateur et personnage.

par le silence et la solitude, l'émotion le prenait, il parlait et il entendait la voix de son peuple qui lui répondait. » (p. 121)

Enfin, quand Oumar réunit tous les paysans après que tous ensemble, à son initiative, ils ont combattu les sauterelles et mis un coup d'arrêt au désastre qu'elles engendrent, le discours de solidarité et d'union qu'il leur tient est totalement dans le ton des paroles de Manuel (pp. 149-150).

Ces quatre "rencontres" obligent à reprendre la lecture dès le début pour relire le roman en stéréophonie, pour prêter l'oreille à la voix de Roumain que l'on n'avait pas décelée auparavant. Le but n'est pas de dépister un plagiat (ce n'en est pas un) mais de s'engager dans une lecture en intertextualité donnant au texte un de ses soubassements, pour mieux cerner l'emprunt et la transformation.

Il faut s'en tenir au schéma narratif global pour déceler la parenté : un homme jeune, parti du pays depuis des années y revient pour s'y installer définitivement et y insuffler un souffle nouveau avec, en bagage, le savoir et la compétence acquis en exil : le refus de la stagnation et de l'immobilisme, la reprise de l'initiative du côté des dominés. On repère bien aussi, autour des deux héros, les couples de femmes : les mères d'abord, Délira et Rokhaya ; puis les femmes-amantes, Annaïse et Isabelle.

La ressemblance est plus palpable entre les mères. Les deux ont un attachement très fort pour ce fils unique. Une analepse narrative (pp. 25-26) consacrée à la mère d'Oumar, Rokhaya, apprend au lecteur son attachement démesuré à ce fils qu'elle a eu après bien des morts de nourrissons. Lorsqu'il a été appelé pour la guerre, « on avait besoin de soldats pour le pays des toubabs. La douleur, ce jour-là, faillit la rendre folle ». Durant cette absence, elle a eu des nouvelles régulières de son garçon, contrairement à Délira qui ne sait plus ce qu'est devenu son fils. Ressemblance aussi quant aux obligations que le « revenant » doit remplir vis-à-vis du voisinage. Manuel ne refuse pas la cérémonie de remerciement mais ne commente pas. Par contre, quand les quémandeurs viennent chez Rokhaya pour recevoir ce que Oumar est censé avoir rapporté à chacun, celui-ci refuse et une discussion s'engage avec sa mère : le contexte est différent d'Haïti mais les répliques du fils et de la mère sont semblables.

> « […] Comprends donc qu'il y a des choses qui ne doivent plus être, toutes celles qui entretiennent la fainéantise des gens…
>
> - Tu parles bien, en un sens, mais ce sont nos coutumes et je ne peux pas faire autrement. Même s'il faut que je vende jusqu'à mon pagne pour les satisfaire, je le ferai.
>
> - Une fois pour toutes, je tiens à ce que tu saches… dit Faye
>
> Mais Rokhaya lui coupa la parole en posant la main sur ses lèvres.
>
> -Ne dis pas de malheur. » (p. 41)

L'oncle Amadou qui a gardé le contact avec son neveu et qui joue l'intermédiaire avec le père qui n'accepte pas le mode de vie du fils, fait penser, en partie, à Laurélien Laurore dans *Gouverneurs de la rosée.* Ainsi à la question sur le fait qu'il ne va pas à la mosquée, Oumar Faye répond :

> « - Avec toi, je peux parler. Ecoute : je suis un noir et je le resterai. J'ai du respect pour nos coutumes et de la considération envers Dieu. Seulement, je n'ai rien d'un fanatique. Depuis mon retour, j'entends dire : " Dieu est bon. Dieu est bon " quand, évidemment, tout va bien. Et quand tout va mal : " c'est la volonté de Dieu." Que moi j'aille grossir le rang des crédules ? Non.
>
> - Tu as beaucoup voyagé et beaucoup entendu… Tes paroles dépassent ce que je peux comprendre. » (p. 52)

Le plus délicat est d'établir le parallèle entre Annaïse et Isabelle. Fondamentalement, bien entendu, le héros a pour complice inconditionnelle, la femme amoureuse. Toutefois, Oumar ne revient pas au pays seul, comme Manuel, mais avec une épouse blanche. Il faut se souvenir que lorsque Sembène Ousmane écrit et publie son roman, le Sénégal est toujours une colonie et, dans ce contexte, cette transformation du personnage féminin est très conséquente. Elle est même la transformation qui montre l'originalité de l'écrivain sénégalais par rapport à son aîné haïtien. Dans une étude du roman, Françoise Ugochukwu écrit très justement :

> « Entre Oumar et la Casamance – qui est aussi la terre natale de Sembène Ousmane –, commence une histoire d'amour, une page de conquête, de séduction et de brutalité à laquelle il va associer cette jeune femme qui "pour l'avenir [...] était sa force " (p.14), un couple uni face à ce couple désuni que forment l'Afrique et le colon. [156]»

Même si Oumar rentre avec le désir de rétablir justice et productivité pour les siens, il le fait en revenant avec Isabelle, persuadée que les antagonismes ne sont pas entre Noirs et Blancs mais entre colonisateurs et colonisés. Toute la première partie du roman est autant consacrée à cette question qu'à celle du projet d'Oumar : le rejet de sa femme par les siens, les discussions sur la polygamie, le statut inférieur des femmes et son choix d'aller loin des siens, construire, avec Isabelle, une maison spacieuse et ouverte à tous, l'adaptation d'Isabelle à sa nouvelle vie. Après l'assassinat d'Oumar, dans l'obscurité de la nuit et par traîtrise – comme Manuel – Isabelle, enceinte, sait qu'elle ne restera pas pour élever l'enfant au Sénégal mais l'autre projet, la coopérative agricole verra le jour et, comme Manuel dans *Gouverneurs de la rosée*, Oumar reste vivant pour tous : « Il précédait les semences, il était présent durant la saison des pluies et il tenait compagnie aux jeunes gens pendant les récoltes » sont les derniers mots du roman (p. 187).

156- Françoise UGOCHUKWU, « *O pays, mon beau peuple*, lourd du passé porteur d'avenir », *Ethiopiques*, revue négro-africaine de littérature et de philosophie, n°68, 1er semestre 2002. Consulté en ligne : http://ethiopiques.refer.sn/spip?article293. Mon propos n'est pas d'étudier ce roman trop méconnu mais de montrer sa dette envers Roumain. Cet article en donne une analyse très pertinente. Cf. Patrick CORCORAN a proposé une étude du roman en Grande-Bretagne au début des années 1980. Cf. aussi : Victor O. AIRE, « Affinités électives ou imitation : *Gouverneurs de la rosée* de Jacques Roumain et *O pays, mon beau peuple* de Sembène Ousmane, Présence francophone, 15, Sherbrooke, P.Q. automne 1977.

Le roman haïtien vient, en contrepoint, faire entendre des échos dans le roman sénégalais mais celui-ci n'en est pas le calque car *O pays, mon beau peuple* est un roman qui veut dire les réalités et les possibilités d'une région du Sénégal.

Si la référence économique est comparable : comment donner la possibilité à la paysannerie pauvre de reprendre son destin en mains, la situation de Haïti au début des années 1940 et celle du Sénégal à la fin des années 50 n'est pas la même. Les relations interpersonnelles et intercommunautaires sont nécessairement différentes dans un pays indépendant et dans un pays colonisé, dans un pays de culture haïtiano-chrétienne et dans un pays de culture sénégalo-musulmane.

Le roman de Sembène Ousmane se passe en Casamance, la région d'origine de l'auteur et toutes les descriptions sont d'un réalisme fort avec des évocations et des précisions très élaborées. Alors que, comme l'écrit très justement Jack Corzani, il faut admettre que :

> « Roumain ne parle pas de Fonds-Rouge mais d'Haïti tout entière (et il y a dans le resserrement même des lieux, dans la stylisation du décor, des personnages et des scènes, dans l'utilisation des songes prémonitoires, un côté théâtral et par là symbolique : ce microcosme reflète un univers aux dimensions de l'île entière) [...] à l'échelle de la nation il y aura toujours une source, fût-elle bien éloignée de Fonds-Rouge [...] Ne l'oublions pas, Haïti n'a rien d'un îlet ; ses 27 000 km^2 offrent une multitude de paysages variés, des déserts à cactées des alentours de Saint-Marc aux riches plaines de l'Artibonite, sans oublier ni Kenscoff et son climat méditerranéen, ni le nord à la fertilité toute tropicale. [157]»

On peut penser que *Gouverneurs de la rosée* a été une lecture marquante pour Sembène Ousmane. On lit, dans ses biographies, qu'en 1947 il quitte Dakar pour Marseille où il exerce le métier de docker, se syndique et rejoint le P.C. : « à

157 Jack CORZANI, « Préface » à *Gouverneurs de la rosée*, Fort-de-France, éd. Emile Désormeaux, 1977. Archivos, pp. 1535-1539. Citation, p. 1537. Encore un très beau texte de présentation informée et précise du roman.

la bibliothèque du syndicat, il lit Richard Wright, John Dos Passos et Pablo Neruda »... on peut ajouter, sans crainte de se tromper... et Jacques Roumain. Ce n'est pas fréquent d'avoir la preuve tangible que les lectures institutionnelles ne sont pas les seules à porter leur fruit, que des lectures plus périphériques forment le lecteur autodidacte qu'est Sembène Ousmane, futur écrivain, de façon durable et que les échanges entre auteurs créant à partir de réalités comparables produisent des solidarités et des rencontres inattendues entre pays dominés à l'échelle mondiale. Dans *France nouvelle*, hebdomadaire communiste, un article de Sembène Ousmane est publié le 18 juillet 1962 qui développe combien il a reconnu des éléments similaires entre la situation évoquée par Roumain et celle de son propre pays, le Sénégal.

L'ombre tutélaire de Jacques Roumain chez René Depestre[158]

Dans notre chapitre 1, nous avons cité plus d'une fois le romancier et poète haïtien qui vit désormais en France. Comme toutes les œuvres contemporaines à la recherche de voies nouvelles de la narration d'un monde disloqué, *Le Mât de cocagne*[159] de René Depestre[160] est un texte pétri

158- C. CHAULET ACHOUR, « Héroïsme dégradé, érotisme jubilatoire : *Le Mât de cocagne* de René Depestre », à paraître Actes Colloque Paris IV - juin 2009 « La nation nommée roman face aux histoires nationales- Quels enjeux éthiques pour l'écriture romanesque depuis 1960 ? » - Reprise ici de certains éléments de cette contribution.

159- Ecrit en 1979 et publié chez Gallimard, premier roman de DEPESTRE, déjà très connu comme poète, *Le Mât de cocagne* ne paraît en Folio qu'en 1998, notre édition de référence.

160- Né en 1926 à Jacmel (Haïti), René DEPESTRE y fait ses études primaires, continuant ensuite ses études secondaires à Port-au-Prince. Premier recueil poétique en 1945, *Etincelles*. Il crée avec d'autres *La Ruche* (1945-1946) aboutissant à l'insurrection de janvier 1946 renversant le président Elie Lescot. Arrêté, emprisonné puis exilé, Depestre se retrouve à Paris. Etudes supérieures entre 1946 et 1950. Il milite pour la décolonisation et se fait expulser. Il est à Prague en 1952 dont il doit

d'intertextualité dont celle qui le relie à *Gouverneurs de la rosée.*

On peut penser que son rêve a été de poursuivre dans la voie tracée par Roumain, fondateur s'il en est d'un roman ancré dans un pays et montrant les voies possibles d'une « nation » autre que celle qui sévit au début du XXe siècle ; roman qui, malgré son fort ancrage haïtien, a dépassé les frontières de l'île et a fait le tour du monde :

> « C'est un livre, dit Depestre, qui m'a donné un plaisir de lecture, le sentiment de découvrir quelque chose du point de vue esthétique et, en même temps, du point de vue de la connaissance de l'homme haïtien [...] Roumain avait trouvé la bonne formule pour faire à la fois une littérature qui, formellement, satisfait les goûts les plus exigeants, tout en étant articulée aux préoccupations les plus incandescentes du peuple haïtien, des paysans, des ouvriers, des travailleurs d'Haïti. C'est rare une telle littérature.[161] »

Depestre se lance dans l'aventure de la prose romanesque en affichant des références clairement inscrites à *Gouverneurs de la rosée.* C'est aux trois-quarts du *Mât de cocagne* que le lecteur qui a lu le roman de Roumain reconnaît sa citation. Elisa a redonné à sa manière toute son énergie à Henri Postel, défait par cinq années d'onédo-zacharisme, de zombification du régime et commente ses pensées alors qu'il

---

partir. Il arrive à Cuba mais il est à nouveau chassé par le régime de Batista. Ses pérégrinations vont le mener en Autriche, au Chili, en Argentine, au Brésil – où il participe à l'organisation du congrès continental de la culture avec Pablo Neruda et Jorge Amado. En 1956, il revient à Paris et participe au premier congrès des écrivains et intellectuels noirs. Il revient en Haïti mais refusant de collaborer avec Duvalier, il doit quitter à nouveau son pays et se rend à Cuba en 1959, à l'invitation du Che. Il y restera près d'une vingtaine d'années s'investissant dans les initiatives culturelles du nouveau régime, tout en voyageant beaucoup (URSS, Chine, Vietnam) Mis à l'écart par le régime cubain dès 1971, il rompt avec Cuba en 1978 et revient à Paris où il travaille au Secrétariat de l'UNESCO jusqu'à sa retraite. *Encore une mer à traverser*, Paris, éd. de la Table Ronde, 2005 : « Ainsi parle le fleuve noir » et « La France et Haïti : le mythe et la réalité » où on retrouve ces informations biographiques.

161- Jean JONASSAINT, *Le pouvoir des mots, les maux du pouvoir. Des romanciers haïtiens de l'exil*, Paris, Arcantère, PUM, 1986, pp. 210-211.

a tenté la veille de monter au mât :

> « Tu sais, en regardant ton combat sur le mât, des paroles d'un écrivain que j'aime ont pris tout leur sens à mes yeux : *l'expérience est le bâton des aveugles*, et ce qui compte, puisque tu me le demandes, c'est la rébellion et la connaissance que l'homme est le boulanger de la vie. » (p. 149)

Les paroles sont celles de Manuel dans *Gouverneurs de la rosée* et pour capter l'attention du lecteur, elle répète encore la métaphore : « Ce n'est pas un héros mythique qui est entré en moi, hier soir, sinon le *boulanger* Henri Postel ! [162] »

A partir de là, on ne peut plus lire de la même manière non seulement ce qui va suivre mais ce qui a été lu antérieurement. Le lecteur met en relation « l'écrivain » qu'aime Elisa et l'écriture en cours d'élaboration. Des expressions prennent relief et sens d'être rapportées au roman antérieur, comme celle de la « volonté de nègre rebelle » d'Henri Postel (p. 149) ; c'est la même que Laurélien Laurore rappelle à l'enterrement de Manuel : « Manuel n'était pas partisan de la résignation [...] Les signes de la croix, les génuflexions et les Bon dieu bon, il disait que ça ne servait à rien, que le nègre était fait pour la rébellion. » (p. 206) Tout le relief est donné aussi à sa capacité de redonner courage aux siens au-delà de sa mort. Cette double performance des deux protagonistes est amplifiée par les oraisons funèbres. Celle de Laurélien Laurore que nous avons citée au début de ce chapitre, reprise en écho par Elisa après la mort d'Henri Postel :

> « Ta mort soutiendra la lumière, l'espoir et la beauté des tiens, parce que de ton vivant, tu as su élargir leur droit de lutter et de rêver [...] Ta mort nourrira les actions et les rêves de ton peuple. » (p. 206)

Non seulement sont ici associés nègre et rébellion mais aussi les contextes : la mort est transcendée en un modèle d'action. Dans les deux romans, ces « messages » ont

162- Ces énoncés sont à mettre en parallèle avec les paroles de Manuel à Annaïse lors de leur premier rendez-vous, et avec notre étude des proverbes dans le chapitre 3.

été préparés par les protagonistes. Manuel, agonisant, a supplié : « la réconciliation, la réconciliation pour que la vie recommence pour que le jour se lève sur la rosée [...] Et chantez mon deuil, chantez mon deuil avec un chant de coumbite » (p. 183). Henri Postel, sans illusion sur ce qui lui arrivera après le concours, a exhorté Elisa : « Emportez l'ex-Henri dans nos montagnes. Chantez, dansez, vivez sa mort avec les tambours des jours d'allégresse. » (p. 146)

Ces différentes citations ont une fonction phatique car la citation, comme le souligne Antoine Compagnon, « donne rendez-vous, invite à la lecture, sollicite, provoque, aguiche comme un clin d'œil. »[163] Effectivement l'hommage de Depestre est patent. Néanmoins *Le Mât de cocagne* n'est pas une simple reprise de *Gouverneurs de la rosée* pour différentes raisons qui marquent la distance de 35 ans entre les deux fictions, non seulement sur un plan fictionnel mais surtout sur celui de la portée de la fiction et de ce qu'elle représente en 1979.

Au niveau de la structure du roman et de son fonctionnement, des convergences sont observables dans la distribution des personnages, dans leurs rôles et leurs qualifications. Dans l'un et l'autre cas, l'histoire est organisée autour d'un protagoniste caractérisé par sa différence par rapport aux siens qui lui donne un statut qui mêle proximité et respect et donc supériorité. Le protagoniste de *Gouverneurs de la rosée*, Manuel, est un héros éminemment positif, jeune, beau, vigoureux, noir. Sur le plan socio-économique, il est représentatif de milliers de paysans qui, sous l'occupation américaine (1915-1934) ont été coupeurs de cannes à sucre à Cuba.[164] Il a acquis au cours de son émigration un savoir et une conscience politiques qui lui permettent d'analyser la situation que vit sa communauté et qui lui donnent l'énergie

163- Antoine COMPAGNON, *La Seconde main ou le travail de la citation*, Le Seuil, 1979, p. 23.
164- Laënnec HURBON, « La fuite du peuple haïtien », *Les Temps Modernes*, septembre 1982, pp. 587 à 601.

de la sortir de sa léthargie. Le cas d'Henri Postel est très différent. Il n'a rien d'un héros au début du roman : c'est un ex-sénateur du peuple, issue d'une classe aisée, mulâtre, déclassé à cause de ses idées et d'actes politiques contre le pouvoir onédo-zacharien. Ce dernier l'a contraint à vivre dans le quartier Tête-Bœuf en tenant une boutique de petites denrées où il passe son temps dans l'alcoolisme et la déchéance. Néanmoins, il faudra peu pour que tous ceux qui l'entourent, peuple de paysans « citadinisés » et paupérisés à l'extrême retrouvent leur respect et lui offrent leur soutien.

La quête qu'ils entreprennent peut être comparée dans son caractère improbable. Il semble impossible que Manuel puisse trouver l'eau qui doit ramener un peu de vie et de concorde à Fonds-Rouge. Mais si c'est un projet difficile, il est rationnel et pour le faire aboutir, Manuel déploie des trésors de ressources physiques et intellectuelles. Le point d'aboutissement permet de réorganiser une société disloquée. Le roman de Roumain est euphorique et positif.

La quête d'Henri Postel est une quête de désespoir : tout est de l'ordre du symbolique : elle ne résout rien concrètement mais elle désigne significativement le chemin.

Le dénouement qu'ils subissent est comparable puisqu'ils meurent, l'objectif atteint, assassinés par l'opposant. Mais dans le roman de Depestre, l'opposant est d'une autre « taille » que dans celui de Roumain. La volonté de combattre l'injustice est également comparable mais la dénonciation de la dictature est clairement ciblée dans *Le Mât de cocagne* qui appartient aux fictions sur les dictatures mises en œuvre par la démesure, la dérision et les droits de l'imaginaire contre le réalisme étroit. Rappelons que c'est la même année, en 1979, que le guinéen Sony Labou Tansi publie *La Vie et demie*.

En moins de quarante ans, on est passé d'une communauté villageoise à l'ensemble du peuple haïtien. Et si les adjuvants sont comparables : la mère ou son équivalent (Délira et Sor Cisa), la femme aimée (Annaïse et Elisa), l'amidisciple (Laurélien Laurore et Horace Vermont), ils ne sont pas interchangeables. Les mères sont inconditionnellement aux côtés de leur héros et implorent toutes deux les loas pour qu'ils rendent victorieux leur « fils » mais la seconde finit exposée comme une marionnette déchiquetée après être passée entre les mains des macoutes. Les disciples sont également inconditionnels mais Horace, dans *Le Mât de cocagne*, a une certaine égalité avec Postel et discute avec lui de ses actes et de ses décisions, ce que Laurélien Laurore est incapable de faire avec Manuel. Les amantes sont entièrement dévouées au héros mais ici aussi bien différemment. Elisa sait ce qui peut lui en coûter de soutenir Henri Postel : c'est une femme politisée et qui, au-delà de l'amour qu'elle éprouve, sait qu'elle a engrangé une énergie de combat et de lutte. C'est pour cela que le romancier lui confie les derniers mots du roman dans cette lettre qui est à la fois une lettre d'amante et de militante. Et c'est sur une note d'espoir (et non une situation concrète de réparation comme dans *Gouverneurs de la rosée*) que s'achève *Le Mât de cocagne* :

> « Je donne à ma patience des sabots de diamant. Quand les jours qui se suivent ont un poids trop accablant, je ferme les yeux et je sens aussitôt la force vitale d'Henri qui corrige, allège, rafraîchit ma vision des choses. » (p. 209)

Si chez cet auteur, comme chez tout écrivain, il est toujours question d'identité, il serait plus exact, en ce qui le concerne d'évoquer non pas une stratégie de construction identitaire mais une stratégie de localisation dans l'espace littéraire mondial. Ouvrir Haïti au monde mais surtout, aujourd'hui, ouvrir le monde à Haïti et plus largement à cette immense pluralité de la Caraïbe. La question première n'est pas celle de la « preuve identitaire » à laquelle on réduit souvent les littératures en langue française non-hexagonales – pour Haïti, on semble oublier que cette "preuve" a été donnée depuis longtemps –, mais de donner à voir, dans la création, leurs apports et leurs innovations : « Etant donné que j'ai vécu dans beaucoup de pays, je peux écrire sur le

Brésil, ou sur quelque chose qui se passe à Cuba, qui se passe en France, tout en restant enraciné dans le terreau haïtien, tout en ouvrant l'imaginaire haïtien sur les autres horizons qui ont marqué mon esprit et ma sensibilité.[165] »

La rosée sous dictature : quelle mémoire de Roumain chez Edwidge Danticat[166] ?

Aucun lecteur de la littérature haïtienne ne peut échapper au clin d'œil ostentatoire du titre que choisit la jeune romancière, même s'il apparaît plus évident dans sa traduction française, lorsqu'est publié *Le Briseur de rosée*[167] en traduction. Du pluriel au singulier, du sens métaphorique de « gouverneurs », évoqué précédemment au sens univoque du « briseur », quelque chose s'est passé qui dit le parcours de soixante années de vie politique et sociale haïtienne (1944-2004). La négativité du substantif choisi par E. Danticat signale l'éloignement de ce réalisme merveilleux qu'avait défini Alejo Carpentier et qu'a repris, pour *Gouverneurs de la rosée*, Jacques Stephen Alexis : « une altération inattendue de

---

165- Jean JONASSAINT, op. cit., p. 200. « *on peut faire un usage maternel de n'importe quelle langue quand on est suffisamment imprégné de son pays*, un usage *maternel du français*, un usage haïtianisé du français. Comme Jorge Amado fait un usage brésilien du portugais ; de même, un écrivain jamaïcain peut faire un usage jamaïcain de l'anglais d'Oxford ; la même possibilité est laissée à l'Haïtien d'imposer son rythme à la langue française » (p. 192).

166- Présentation d'E. DANTICAT, née à Port-au-Prince le 19 janvier 1963, elle rejoint ses parents qui ont émigré à New York depuis plusieurs années, à l'âge de 12 ans. Elle connaît le succès littéraire dès ses premières publications, en anglais, et a reçu de nombreux prix et distinctions. Elle fait figure d'enfant prodige de la littérature haïtienne contemporaine.
Cf. www.lehman.cuny.edu/ile.en.ile/paroles/danticat.html

167- *The Dew Breaker*, Alfred A. Knopf, 2004 ; traduction française, *Le Briseur de rosée*, Grasset et Fasquelle, 2004 ; traduction française au Canada, Boréal, 2005, édition de référence de nos pages. Nous utilisons l'article de Bouba MOHAMMEDI TABTI, « Des "Gouverneurs" aux "Briseurs" de rosée : *Le Briseur de rosée* d'Edwidge Danticat » dans *Présences haïtiennes*, op. cit., pp.341-356.

la réalité [...] une révélation privilégiée de la réalité [...] un éclairage inhabituel ou particulièrement révélateur des richesses inaperçues de la réalité.[168] »

Cette rupture titrologique, si elle ne peut pas ne pas être interpellation de l'aîné, engage un corps à corps des deux textes tout en opposition.

Bien qu'il ait passé une grande partie de sa vie en dehors de l'île, c'est dans l'île et alors même qu'il y est revenu que Jacques Roumain situe son roman et dans le monde paysan. Edwidge Danticat écrit de New York où elle réside depuis l'âge de 12 ans et le fait ni en créole, ni en français mais en américain ; toutefois sa langue littéraire, comme pour Roumain et d'autres écrivains haïtiens, est « travaillée » par le créole. Comme l'a déclaré l'auteure elle-même[169] rappelant l'expression « choukèt larouze, chouquer la rosée » et l'expliquant : « "dew breaker", it comes from the Creole (...) it really means somebody who breaks or shakes the dew ; that's where it comes from » ; elle précise que le roman de J. Roumain emprunte également son titre au créole : « There is also an expression on the other side, *gouverneurs de la rosée*, people who govern the dew, who are kinder people, people of the land who nurture the land and try to control their destiny through the land. »

« Puisés à la même source, les deux titres entrent en opposition violente : celui de Roumain implique à la fois la noblesse de la fonction, le « gouvènè rozé » étant le paysan chargé de l'irrigation, la nécessité de l'union marquée par le pluriel et aussi, comme le souligne E. Danticat, le désir de prendre en main son destin. Par contre, le deuxième titre installe dès l'abord, une dysphorie qui ne se démentira plus. La destruction signifiée par le substantif 'briseur' et son opposition avec la chose brisée, la 'rosée', élément naturel inattendu ici, donne le ton en faisant référence aux sinistres tontons macoutes appelés « shoukèt laroze » parce que,

---

168- Alejo CARPENTIER, avant propos de son roman *Le Royaume de ce monde* (1949). Cf. également J. S. ALEXIS : « L'art haïtien présente [...] le réel avec son cortège d'étrange, de fantastique, de rêve, de demi-jour, de mystère et de merveilleux. »

169- Citée par Kathleen GYSSELS in *« Simplement voir les choses » : la francophonie dérivée dans l'écriture d'Edwidge Danticat.* (en ligne)

explique Béatrice, un des personnages du récit[170], "souvent ils venaient avant l'aube, au moment où la rosée se dépose sur les feuilles et ils vous emmenaient".[171] »

Le titre de Danticat annonce non une utopie de la renaissance et de la reconstruction mais affirme les douleurs de l'histoire récente, ses déchirures et ses destructions. La belle et euphorisante homogénéité du roman contique de Roumain fait place à un texte fragmenté en neuf récits assez autonomes mais avec un point focal, celui de l'histoire du « briseur de rosée » et « s'entremêle un fil autre, celui que tissent les différentes histoires [...] des Haïtiens exilés à New York et dont le lien avec le pays d'origine est toujours souligné d'une façon ou d'une autre. [172]» Lien non rompu avec l'île, même si on essaie de l'effacer.

> « On est bien dans une écriture de l'entre-deux, écriture placée sous le signe du double[173] et que la critique définira en utilisant les termes « go between » (Jérôme Ceccon, Rodney Saint Eloi), marasa (K. Gyssels[174]), bizango (Saint Eloi)[175]. Il n'est jusqu'au nom de la narratrice, donné par son père, qui ne la place sous le signe du double. Sous l'influence de la culture égyptienne dont il est passionné, il a en effet choisi de l'appeler « Ka » et lui a souvent expliqué pourquoi : « Un ka est le double du corps [...] Le compagnon du corps au cours de sa vie et après la vie » (p. 25). [176]»

170- Béatrice, parce qu'elle a refusé d'aller danser avec l'un d'entre eux sera arrêtée puis torturée par lui.

171- Bouba MOHAMMEDI TABTI, art. cit., pp. 342-343. Citation de Béatrice à la p. 153 du roman.

172- Ibid., p. 343.

173- Cf. A. PHELPS déclarant que les « nouveaux écrivains haïtiens de la diaspora » lui ressemblent car « ils vivent sous le signe du double » (in « Ici, ailleurs : quelles frontières ? Sous le signe du double », *Notre Librairie* n°143, Janvier-mars 2001.

174- K. GYSSELS parle de poétique marasa, « mot vaudou pour 'jumeaux' » (art. cit. p. 4) et d'écriture « jumelée »

175- Dans un article intitulé « L'écriture bizango. Edwidge Danticat, le go-between » (*Notre Librairie* n°143, Janv-mars 2001), R. SAINT ELOI explique que « le bizango est une figure mythique haïtienne, qui évoque la duplicité du sujet. »

176- B. MOHAMMEDI TABTI, art. cit., p. 344.

Le premier texte, « Le livre des morts » est celui où le père fait l'aveu à sa fille dans une chambre d'hôtel à New York, de ce qu'il a été réellement ; le neuvième texte est celui où l'on revient à l'origine de l'histoire, à Haïti. La stratégie narrative mise en place par E. Danticat, avec cette structure éclatée, tisse ensemble les fils d'histoires différentes. Le passé et le présent se répondent et se cherchent ; l'espace d'ici, New York, enferme en lui l'espace de là-bas, Haïti. Rien n'a de sens sans cette prise en compte d'une double temporalité et d'une double spatialité. Elle participe ainsi à dire son pays « "en mille éclats brisés" pour reprendre les mots de Phelps.[177] »

L'exil ne panse rien, il creuse. Il oblige à re-penser l'antériorité et à constater qu'on n'échappe pas à Haïti. L'histoire se reconstruit par bribes, par la déploration de la mère sur leur isolement pour que le père ne soit pas reconnu. Chez Roumain, au contraire, l'exil est volontairement présenté comme une école de savoirs utiles à la lutte à engager contre la séparation et la résignation. Et si Roumain laissait entrevoir que Cuba ne fut pas toujours douce aux années que Manuel y a passé, il ne s'attarde pas sur cet aspect puisque l'immigré revient et son havre et lieu d'action est Haïti. Alors que les exilés d'E. Danticat correspondent bien au profil donné par Lucienne Nicolas, « le nouvel arrivé dans la ville *autre*, c'est-à-dire déjà fondée, habitée, avec sa configuration propre, sa profusion de signes, sa culture, fait l'expérience de l'exil, de la solitude, de l'anonymat et de l'altérité.[178] »

On est loin des personnages de Roumain et d'abord parce qu'il n'y a plus de héros, qu'il ne peut plus y avoir de héros quand le présent tourne délibérément le dos au protagoniste sauveur pour distribuer les rôles entre victimes

177- L-P. DALEMBERT et L. TROUILLOT, *Haïti, une traversée littéraire*, op. cit., p.79.
178- Lucienne NICOLAS, *Espaces urbains dans le roman de la diaspora haïtienne*, L'Harmattan, 2002, p. 9.

ou bourreaux : en particulier ce « briseur de rosée » qui se confesse à sa fille dès le début : « [...] ton père était le chasseur, il n'était pas la proie »[179], la confession elle-même ne se déployant que par bribes à différents moments du texte. De façon révélatrice, il choisit de parler en créole, « parce que, explique-t-il, ma langue est trop lourde en anglais pour dire des choses comme ça, en particulier des choses anciennes » ; mais le choix de la langue d'origine ne peut faciliter l'aveu et celui-ci se profère après mille précautions rhétoriques : « [...] je n'ai jamais voulu faire de mal à quiconque » et après l'aveu : « je ne referais jamais ces choses-là aujourd'hui » (p.33). Se dévoile progressivement le leurre sur lequel s'est construite la vie de la famille, le vrai sens de faits : la balafre n'est pas le signe glorieux d'une victime et les cauchemars sont la rançon d'actes abjects. La fille constate : « J'ai perdu mon sujet[180], ce père prisonnier que j'aimais autant que je le plaignais » (p. 41).

Le « méchant » n'est plus seulement tel : il peut devenir, après la chute du dictateur, la proie ; il peut redevenir, s'il est aimé – par sa femme, par sa fille -, un homme racheté. Il est dit de la mère que toute sa vie « oscillait entre le pardon et le regret » (p.101).

> « L'art du récit consiste en partie dans cette capacité à peindre un vécu tragique, à montrer précisément et sans fioritures ce que fut la dictature et en même temps à mettre en scène un personnage de bourreau qui ne soit pas tout d'un bloc et qui, malgré les atrocités qu'il a commises, n'apparaît pas tout à fait comme un monstre. On pourrait expliquer la chose par l'ordre adopté par la narration pour rapporter les faits, commençant par la fin et nous montrant d'abord un « homme tranquille », père et époux attentif, exerçant son métier de coiffeur sans histoire, passionné d'Egypte ancienne.[181] »

179- A la p. 29, sur une œuvre qui en compte 276.

180- La jeune femme est une artiste et ce père est aussi le sujet de la statue qu'elle devait livrer à Gabrielle Fonteneau avant qu'il ne la jette au fond d'un lac, estimant qu'il ne méritait pas de statue (cf. p.29).

181- Bouba MOHAMMEDI TABTI, art. cit., pp. 354-355. On notera que les écrivaines haïtiennes n'hésitent pas à poser dans des créations fortes, la question de l'humanité du monstre. Cf. en 2010, Evelyne

En soixante ans, ce qui donne distance extrême aux deux démonstrations narratives, c'est le vécu et la réalité du duvaliérisme. Même si les pages d'Edwidge Danticat sont sombres – et comment ne pourraient-elles pas l'être ? -, l'interrogation de la fille et surtout la figure du pasteur détruit par la violence mais qui a refusé de se soumettre et a infligé à son bourreau cette blessure qui va le marquer d'une balafre d'infamie, tisse un lien avec Manuel qui a refusé, lui aussi, soumission et passivité. Toutefois la positivité du message s'est diluée dans la couleur sang de la dictature.

Le titre en opposition et clin d'œil est peut-être alors incitation à relire l'aîné pour mesurer le chemin parcouru vers l'enfer et retrouver, par la lucidité de la mémoire et capitalisation d'utopies non encore réalisées, barre sur l'avenir ? En exil, on n'échappe pas à Haïti, cet Haïti de Roumain non plus. E. Danticat n'investit-elle pas en Roumain une charge émotionnelle mais aussi politique à l'instar de ce qu'exprime Evelyne Trouillot, en 2007 :

> « Mon Roumain à moi, au profil de révolté engagé dans un combat plus que jamais décisif, je le retrouve encore plus subversif tant d'années après. Après tant de livres lus et écrits, tant de combats menés, perdus, à faire, encore, toujours, pour que le monde devienne plus beau, non pas pour un petit groupe ni une minorité, non pas pour une coalition de pays, mais pour que tout un chacun, pour tous, hommes, femmes et enfants, partout, soient heureux. Roumain y croyait. Cette photo icône, je la revendique avec sa charge émotionnelle, avec son symbolisme de lutte et d'engagement. Avec sa volonté de trouver une alternative à la société capitaliste et son mode de production, avec son aspiration au bonheur et à la justice. Mon Roumain à moi, je le revendique, éminemment beau et juste.[182] »

Sur les quatre romanciers choisis, trois sont de la génération immédiatement postérieure à Roumain. Deux sont haïtiens et ont partagé le culte de cet aîné mort en plein

---

TROUILLOT, *La Mémoire aux abois*, éditions Hoëbeke et Kettly MARS, *Saisons sauvages*, Mercure de France.

182- Evelyne TROUILLOT, »Il était une fois un homme au profil rebelle… », art. cit., p.131.

élan, Jacques Stephen Alexis (1922) et René Depestre (1926). On peut évoquer à leur propos un héritage « naturellement » assumé. La fraternité de Sembène Ousmane (1923) était moins probable et elle a été rendue possible par les circuits non institutionnels de lecture, par la bibliothèque du syndicat : comme quoi l'institution scolaire officielle sait ce qu'elle fait quand elle ne donne pas droit de cité en son sein à certains livres. La plus jeune, Edwidge Danticat (1963) rend hommage à l'aîné dans une autre tonalité, nous l'avons vu. Mais sa volonté de marquer le lien est significative de la pérennité de la lecture du roman, amplement illustrée par l'ouvrage que nous avons plusieurs fois cité, *Mon Roumain à moi.*

Remarquons aussi que les deux premiers ont participé au Premier Congrès international des écrivains et artistes noirs à la Sorbonne en 1956. Nul doute que, vivant, Roumain aurait été parmi eux. Jean Price-Mars, président, a préfacé le premier roman de Roumain. Par contre, Sembène Ousmane qui n'est pas rentré par la grande porte dans le monde des Lettres et des Arts, fussent-ils africains ou caribéens, ne figure pas parmi les présents au Congrès, pas encore assez connu, trop autodidacte ? Il était utile de le souligner.

CONCLUSION

> - « Alors qu'est-ce que nous sommes, nous autres, les habitants, les nègres-pieds-à-terre, méprisés et maltraités » (Laurélien Laurore)
>
> - Nous sommes ce pays et il n'est rien sans nous rien du tout. Qui est-ce qui plante, qui est-ce qui arrose, qui est-ce qui récolte ? [...] Nous ne savons pas encore que nous sommes une force, une seule force : tous les habitants, tous les nègres des plaines et des mornes réunis. Un jour, quand nous aurons compris cette vérité, nous nous lèverons d'un point à l'autre du pays et nous ferons l'assemblée générale des gouverneurs de la rosée pour défricher la misère et planter la vie nouvelle. » (Manuel) (p.80)

En décembre 1932, la police saisissait le brouillon d'une lettre au domicile de Jacques Roumain, lettre adressée à Tristan Rémy. Cette lettre était publiée dans *Haïti-Journal*, le 4 janvier 1933. Reprenons-en quelques phrases :

> « Fils de grands propriétaires terriens, j'ai renié mes origines bourgeoises. J'ai beaucoup vécu avec les paysans. Je connais leur vie, leur mentalité, leur religion – ce mélange étonnant de catholicisme et de vaudou.
>
> Je ne considère pas le prolétariat paysan comme une valeur sentimentale. Le paysan haïtien est notre seul producteur et il ne produit que pour être exploité, de la manière la plus effroyable, par une minorité... politicienne qui s'intitule l'Elite. Toutes mes publications ont combattu cette prétendue élite [...] J'estime que notre littérature doit être nègre et largement prolétarienne. [183]»

On voit que la conviction de Roumain est formulée très tôt et qu'en ce sens, *Gouverneurs de la rosée* en est un

183- Reproduite dans Archivos, op. cit., p. 639.

aboutissement magistral.

Le dernier mot, nous le laisserons à l'écrivain Dany Laferrière qui a consacré en juin 2007 un article au romancier pour le centenaire de sa naissance : « Chaque pays a son Roumain, c'est-à-dire un écrivain qui résume en quelque sorte les rêves, les élans et les échecs de sa société. Ce n'est pas forcément le meilleur écrivain du pays, mais c'est celui en qui tout le monde se reconnaît. On ne doit pas penser pour autant à un poète bucolique qui vit retiré à la campagne, ni à un historien complaisant qui agite facilement ce vieux chiffon rouge du nationalisme sous le nez d'un peuple déjà énervé. C'est plutôt quelqu'un qui n'hésite pas à asséner ses quatre vérités à ses compatriotes. Pour le Québec, je pense à Miron. Pour Haïti, c'est Roumain. [184]»

184- Dany LAFERRIÈRE, « Le sillage lumineux de Jacques Roumain (1907-1944) » dans *La Presse* (journal québécois), 17 juin 2007, repris le 19 juin dans *Le Nouvelliste* (journal haïtien). Consulté : http://www.lenouvelliste.com/artcleforprint.php ?/PublD=1&Article.

JUGEMENTS CRITIQUES

« Jacques Roumain a écrit un livre qui est peut-être unique dans la littérature mondiale parce qu'il est sans réserve le livre de l'amour. »

Jacques Stephen ALEXIS, Préface, Moscou, 1964

« Il y a heureusement un assez grand nombre de livres dont on peut conseiller : lisez-les. Il y en a très peu dont on ait envie de dire : il faut que vous les lisiez. *Gouverneurs de la rosée* de Jacques Roumain est de ceux-ci »

André STILL, *L'Humanité*, Paris, 1966

« Lisez ce livre comme un livre haïtien. Sachez ouvrir les yeux, les oreilles, apprêtez-vous à rire… et, qui sait, peut-être à pleurer. De ces pleurs douloureux qui restent au niveau du cœur. Laissez donc nos intellectuels d'avant-garde bouder ce type de récit traditionnel, en méprisant les vertus émouvantes et lui préférer l'onanisme d'un certain nouveau roman. Laissez-vous aller. « Etes-vous prêt ? – Si fait, griot ! Positive ! »… Rêvez à Manuel, à Annaïse, à leur beauté tranquille, à la clarté de leur peau noire […] Ils ne vous quitteront plus, laissant à d'autres, aux Roméo et Juliette évanescents, perpétuels adolescents, le soin d'aller et venir dans votre mémoire. Eux sont trop imbibés des difficultés de la vie pour ne pas vous accompagner tout au long de la vôtre. Imaginez Fonds-Rouge et laissez-vous griser par le clairin et le bavardage cocasse de ces paysans amoureux du langage. Jouissez des fausses querelles de Bienaimé et de Délira. Riez de la comédie pour mieux peser la tragédie, pour mieux croire aussi en l'avenir. Mais surtout, surtout, humez ce roman comme vous humeriez le grilleau de cochon, le maïs à la morue, le riz-soleil et les pois rouges au petit-salé de Rosanna… Vous y reviendrez, vous en reprendrez et, à chaque fois, vous sentirez votre gorge se nouer…

Et si, un jour, vous gagnez Haïti, sans doute aurez-vous l'impression d'y être déjà venu, dans une autre vie, quand vous vous prénommiez peut-être Annaïse ou Manuel, quand la voix de l'amour avait un bruit de source. »

Jack CORZANI, Préface, Fort-de-France, 1977

« *Gouverneurs de la Rosée,* paru en 1944, est peut-être le texte le plus important dans la littérature haïtienne moderne et signifie le début, dans l'imaginaire haïtien, de la problématique de représentation du pays natal. Le grand thème de ce roman, c'est la narration de l'espace insaisissable de la nation par un voyageur qui, après quinze ans d'absence, revient et découvre le pays dans toute son altérité. […]

Dans ce récit problématique de voyage et de découverte, le héros doit rendre compte de l'altérité extrême et inquiétante de l'espace devant lui. Il accomplit la tâche de contrôler cet espace en essayant de combler le vide qui s'élargit entre lui et son pays par certains procédés poétiques et rhétoriques. En se servant des symboles élémentaires de l'eau, du sang, de la terre et du soleil, Manuel essaye d'établir une poétique de l'espace, un lieu commun idéal et utopique qui réduit l'opacité du monde. Le monde n'est plus une rencontre délirante de juxtapositions bizarres et contradictoires mais un espace d'accueil qui établit des continuités non seulement entre les bêtes, les hommes et les chrétiens vivants mais entre les mots du découvreur et l'étrangeté du monde objectivé. […] Le roman de Roumain est un texte écrit autour d'un poème, tout au moins un passage poétique […]. Ce passage, c'est l'hymne à l'arbre cosmique qui se trouve dans le premier chapitre du roman qui démontre que sous le désordre de la surface, il existe un ordre secret, la source d'une cohérence et la possibilité du recommencement.

« Un arbre, c'est fait pour vivre en paix dans la couleur du jour et l'amitié du soleil, du vent, de la pluie. Ses racines s'enfoncent dans la

fermentation grasse de la terre, aspirant les sucs élémentaires, les jus fortifiants. Il semble toujours perdu dans un grand rêve tranquille ... »

J. Michael DASH, « Haïti imaginaire : L'évolution de la littérature haïtienne moderne », *Notre Librairie*, n° 133, janvier-avril 1998.

« Une décennie après le départ en fumée de l'URSS, quel avenir attend l'œuvre de Roumain ?

Avant tout inventaire, elle garde à mes yeux la liberté d'imagination, le ferment de rébellion, le substrat éthique, la maîtrise esthétique, l'aura de compassion et de poésie, l'immense halo de tendresse qui fascinèrent, notamment Jacques S. Alexis et moi, au point de nous précipiter dans l'émeute populaire, à la tête de milliers de jeunes gens de notre génération »

René DEPESTRE, « Parler de Jacques Roumain », Archivos, 2003, p. XXII

« A notre époque où la critique littéraire a banni, qui sait pourquoi ? tout jugement de valeur sur la personne ou l'œuvre d'un écrivain, où tout écrit est considéré comme une construction verbale qui ne se réfère qu'à elle-même, où la notion de contenu est devenue une incongruité, il est bon d'affirmer que certains ont refusé d'écrire pour ne rien dire, que ce qu'ils ont produit n'est pas pur jeu intellectuel, mais message, mais communication, mais témoignage de la grandeur et de la misère de l'homme. Jacques Roumain est de ceux-là ».

Léon-François HOFFMANN, Archivos, 2003, p. XLVI

« Roumain a été le premier à voir et à décrire la rupture de la nation haïtienne en deux mondes étanches séparés l'un de l'autre par un siècle et demi d'oppression d'un côté, et de fuite de l'autre. En prenant parti ouvertement pour la culture paysanne, synonyme pour lui d'authentique culture haïtienne, il a ébranlé la suffisance de « l'élite ». Entre ces deux mondes, il reste justifié de tenter de jeter des passerelles pour réconcilier peu à peu ce pays avec lui-même, non seulement avec l'esprit, mais aussi et peut-être surtout, avec le cœur, comme l'a si bien fait Roumain ».

Gérard BARTHELEMY, « Voyage au pays des gouverneurs », Archivos, 2003, p. 1296.

« Jacques Roumain n'a cessé de tarauder l'injustice sociale où qu'elle se manifestât. Il a mis des mots sur l'ineffaçable cruauté du racisme et de la discrimination. Sur la scène d'un demi-siècle, le XXe, marqué par des tueries innombrables, l'éclatant travail de Jacques Roumain déconstruit au grand jour les ressorts les plus implacables de la tyrannie et nous livre une leçon de vie, osons le mot, un exemple de combat pour élever la part d'humanité en nous ».

Emile OLLIVIER, « L'internationalisme de Jacques Roumain et ses zones d'ombre », 2003, Archivos, p. 1313.

« Un tel roman a de quoi surprendre : une sensiblerie parfois mièvre y côtoie un authentique engagement politique. Au-delà du plaisir que l'on a à suivre l'intrigue jusqu'au coup de théâtre et à accompagner Manuel dans sa quête, c'est la langue qui séduit, capable aussi bien d'élans poétiques que de dialogues en patois local, probablement en créole, à moins qu'il ne s'agisse de créations lexicales que l'on pourrait croire échappées de la plume de Queneau : « par icitte », où sévit « une saison malédictionnée », « la moindre contrariaison » pèse plus qu'ailleurs : elle rappelle ce destin qui accable les hommes. »

Didier GARCIA, *Le Matricule des Anges*, n°74, juin 2006

BIBLIOGRAPHIE

La source principale de toutes nos références est le volume suivant tant pour les textes et œuvres de l'écrivain que pour ses critiques :

Œuvres complètes de Jacques Roumain. Edition critique, Léon-François HOFFMANN, coordinateur, 1ère éd. 2003, Agence universitaire de la francophonie, coll. Archivos, 1690 p. – imprimé à Madrid.

Quelques références citées, en plus de cet ouvrage, incontournable aujourd'hui pour qui veut travailler sur l'œuvre de Roumain. Les autres compléments bibliographiques figurent dans les notes :

Christiane ACHOUR, *Abécédaire en devenir. Langue française et colonialisme en Algérie*, Alger, Enap, 1985, 607 p. L'étude sur Roumain aux pp. 472 à 523.

Jacques Stephen ALEXIS, « Du réalisme merveilleux des Haïtiens », *Présence Africaine*, n° spécial de 1956. Texte de la communication au premier Congrès international des écrivains et artistes noirs, Sorbonne, 19-22 septembre 1956.

Raphaël BERROU et Pradel POMPILUS, *Histoire de la littérature haïtienne illustrée par les textes* (Tome II), Port-au-Prince, éditions Caraïbes, 1975.

Collectif, *Présences haïtiennes*, CRTF/CICC- Université de Cergy-Pontoise, éd. Encrage, Amiens, 2005. (plusieurs articles cités).

Collectif, *Mon Roumain à moi*, Presses nationales d'Haïti, en mai 2007, 309 p. (plusieurs contributions citées)

Louis-Philippe DALEMBERT et Lyonel TROUILLOT : *Haïti, une traversée littéraire*, un livre CD, Presses nationales d'Haïti, Culturesfrance éditions, Philippe Rey, Paris/Port-au-Prince, 2010, 171 p.

Roger DORSINVILLE, *Jacques Roumain*, Paris, Présence Africaine, 1981

Laënnec HURBON, « La fuite du peuple haïtien », *Les Temps Modernes*, septembre 1982, pp. 587 à 601.

Jean JONASSAINT, *Le pouvoir des mots, les maux du pouvoir. Des romanciers haïtiens de l'exil*, Paris, Arcantère, PUM, 1986.

Alfred MÉTRAUX, *Le vaudou haïtien* (préface de Michel Leiris), Gallimard, 1958 (rééd. Tel Gallimard).

Lucienne NICOLAS, *Espaces urbains dans le roman de la diaspora haïtienne*, L'Harmattan, 2002

Anthony PHELPS, « Ici, ailleurs : quelles frontières ? Sous le signe du double », *Notre Librairie* n°143, Janvier-mars 2001.

Rodney SAINT ELOI, « L'écriture bizango. Edwidge Danticat, le go-between », *Notre Librairie* n°143, Janv-mars 2001.

Site ile.en ile, pages consacrées à Jacques Roumain et aux autres écrivains haïtiens cités.

TABLE DES MATIÈRES

Classiques francophones
Collection dirigée par Hédia Khadhar

La Collection « Classiques francophones » propose des analyses critiques d'œuvres aujourd'hui incontournables de la littérature francophone. Didactique et bien fournie sur le plan documentaire, elle s'adresse en priorité aux enseignants et aux étudiants.

Déjà parus

Afifa et Samir MARZOUKI, *Individu et communautés dans l'œuvre littéraire d'Albert Memmi*, 2010.
Charles BONN, *Kateb Yacine : Nedjma*, 2009.
Lilian PESTRE DE ALMEIDA, *Aimé Césaire* : Cahier d'un retour au pays natal, 2008.
Brigitte RIERA, Journaliers *d'Isabelle Eberhardt*, 2008.
Afifa MARZOUKI, *Agar* d'Albert Memmi, 2007.
Gabrielle SAID, *Ti-Jean l'horizon* de Simone Schwartz-Bart, 2007.
Martine MATHIEU-JOB, *Le Fils du pauvre* de Mouloud Feraoun, 2007.
Lilian PESTRE de ALMEIDA, *Cahier d'un retour au pays natal* d'Aimé Césaire, 2007.

L'HARMATTAN, ITALIA
Via Degli Artisti 15 ; 10124 Torino

L'HARMATTAN HONGRIE
Könyvesbolt ; Kossuth L. u. 14-16
1053 Budapest

L'HARMATTAN BURKINA FASO
Rue 15.167 Route du Pô Patte d'oie
12 BP 226
Ouagadougou 12
(00226) 76 59 79 86

ESPACE L'HARMATTAN KINSHASA
Faculté des Sciences Sociales,
Politiques et Administratives
BP243, KIN XI ; Université de Kinshasa

L'HARMATTAN GUINEE
Almamya Rue KA 028
En face du restaurant le cèdre
OKB agency BP 3470 Conakry
(00224) 60 20 85 08
harmattanguinee@yahoo.fr

L'HARMATTAN COTE D'IVOIRE
M. Etien N'dah Ahmon
Résidence Karl / cité des arts
Abidjan-Cocody 03 BP 1588 Abidjan 03
(00225) 05 77 87 31

L'HARMATTAN MAURITANIE
Espace El Kettab du livre francophone
N° 472 avenue Palais des Congrès
BP 316 Nouakchott
(00222) 63 25 980

L'HARMATTAN CAMEROUN
BP 11486
(00237) 458 67 00
(00237) 976 61 66

633486 - Décembre 2015
Achevé d'imprimer par